Athena's Child (2023)

Copyright © 2023 by Hannah Lynn

Tradução © 2023 by Book One

Todos os direitos de tradução reservados e protegidos pela Lei 9.610 de 19/02/1998. Nenhuma parte desta publicação, sem autorização prévia por escrito da editora, poderá ser reproduzida ou transmitida sejam quais forem os meios empregados: eletrônicos, mecânicos, fotográficos, gravação ou quaisquer outros.

Tradução	*Lina Machado*
Preparação	*Daniela Toledo*
Revisão	*Dida Bessana*
	Vanessa Omura
Arte	*Francine C. Silva*
Ilustração e capa	*Marcela Lois*
Projeto gráfico e diagramação	*Bárbara Rodrigues*
Impressão	*COAN Gráfica*

Dados Internacionais de Catalogação na Publicação (CIP)
Angélica Ilacqua CRB-8/7057

Lynn, Hannah

L996s   O segredo da Medusa / Hannah Lynn ; tradução de Lina Machado. — São Paulo : Excelsior, 2023.

        208 p. (Mulheres Gregas, vol. 1)

        ISBN 978-65-85849-04-3

Título original: *Athena's Child* (*Grecian Women*, vol. 1)

1. Literatura britânica 2. Mitologia grega I. Título II. Machado, Lina III. Série

23-5643   CDD 823

HANNAH LYNN

O SEGREDO DA MEDUSA

São Paulo
2023

EXCELSIOR
BOOK ONE

Para aquelas cuja verdade foi perdida,
que seja encontrada um dia.

PRÓLOGO

Alguns acreditam que monstros nascem monstros. Que algumas criaturas chegam a este mundo com uma escuridão tão avassaladora em seu coração que um mero amor mortal jamais poderia ter a esperança de domá-la. Essas almas, como se acredita, não são capazes de alcançar a redenção e não a merecem. São feras, cuja intenção é trazer o caos a todos que cruzam seu caminho. São vingativas e cheias de ódio, não merecem nada exceto nosso desprezo.

Talvez seja verdade. Talvez todos os monstros nasçam assim. Contudo, talvez essa seja apenas uma forma de esconder a escuridão que todos carregamos dentro de nós. Uma escuridão que nos forçamos a esconder do mundo, pois mal podemos conceber que males terríveis ocorreriam se permitíssemos que essa escuridão crescesse. Porque a verdade que todas sabemos é esta: a escuridão cresce. Seria mais fácil se não o fizesse. Esta história, em muitos aspectos, seria mais fácil se a escuridão tivesse nascido nela dessa forma. Mas não nasceu. Ela não nasceu. Medusa cresceu de monstros, mas não nasceu deles.

PRÓLOGO

PARTE I

CAPÍTULO UM

As três figuras estavam paradas à porta, observando as nuvens de poeira se elevarem no ar. O silêncio que as cercava não era um silêncio confortável. Era um silêncio sobrecarregado pela contemplação; de uma pergunta não feita para a qual cada uma delas sabia a resposta, mas nenhuma seria a primeira a dizê-la.

O verde da primavera havia se perdido no calor do verão. Longas sombras de ciprestes marcavam linhas na terra seca e poeirenta, e o cheiro de frutas maduras adoçava o ar ao redor. Bagas murchas cobriam o chão, formando banquetes gloriosos para os insetos, que corriam sobre as rochas e a terra. Apesar de o sol já ter começado sua descida, o ar da noite ainda estava pesado com a umidade do dia. Enquanto a família observava o cavalo e o cavaleiro desaparecerem no horizonte, o suor escorria pelas sobrancelhas e costas deles.

– Devemos pensar nisso – declarou a mãe, Aretáfila. Ela sempre seria a primeira a falar. Suas palavras eram contundentes e desprovidas de emoção, como se o assunto não passasse de uma negociação, uma venda no mercado, o que era óbvio que era. Fingir que era mais do que isso não passaria de uma tolice.

– Não devemos. *Não* vamos. – Os olhos de Thales encontraram os da esposa pela primeira vez desde a partida do visitante.

– Não podemos continuar postergando. Somos afortunados. É uma boa união.

– Com base em que você afirma isso? – O tom da voz de Thales endureceu.

– Tenho alguma experiência nestes assuntos – respondeu Aretáfila. O casal olhou para a garota entre eles.

– Entre – disse Aretáfila à primogênita. – Encontre suas irmãs. Veja se elas não sujaram as roupas. E não precisa se preocupar em cozinhar esta noite. Temos mais do que o suficiente com o que nosso visitante nos trouxe.

Os olhos de Medusa afastaram-se do horizonte. Com um aceno simples e elegante para a mãe, virou-se para sair.

– Mas tire essa coisa primeiro. – O pai apontou para as joias ao redor do pescoço dela. Medusa ergueu a mão e tocou o colar. Sem dizer uma palavra, deslizou o cordão brilhante de pedras preciosas por cima da cabeça e o entregou ao pai antes de desaparecer dentro da casa.

O homem a cavalo tinha sido o terceiro visitante que recebiam em um mês, e de longe o mais rico. Ele trouxera consigo cestas de figos, vinho, azeitonas, carne e joias. O colar era incrustado com ouro e mais granadas do que qualquer um deles tinha visto em vida. Vendê-lo lhes renderia mais do que a fazenda o faria em três anos. Thales olhou para o objeto e estremeceu.

– Aretáfila – disse ele, pegando a mão da esposa. – O que faremos? Acredita no que diz? Que essa é uma boa união?

Ela assentiu devagar.

– Sim. Ele foi cortês. É de boa família. É inteligente. Nem todos foram abençoados dessa maneira.

– Inteligência significa astúcia, esperteza – rebateu Thales. – Ele tem mais do que o dobro da minha idade. Que interesse um homem dessa idade poderia ter em uma menina de treze anos?

O silêncio da esposa forneceu todas as respostas que ele temia.

Ao seu redor, cigarras e tordos encheram o silêncio até que, finalmente soltando o ar que tinha nos pulmões, Aretáfila suspirou.

– Este pode não ser o castigo que você pensa, Thales. Muitas têm sorte. Eu tive sorte. Minhas parentas tiveram sorte. Você não pode prender todas as nossas garotas por causa do destino de sua irmã.

– Não irei. Apenas Medusa. – Esfregando a ponta do nariz, Thales gemeu. – Ah, o fardo de ter filhas – lamentou ele. – Eu as teria afogado quando nasceram se soubesse o tormento que me causariam.

Aretáfila se virou bruscamente.

– Você não faria isso – declarou ela concisamente.

Thales deu uma risada triste.

– Claro que não. Não seria capaz de jogá-las no leito de um rio naquela época, assim como não sou capaz de jogá-las para os lobos agora. Esta é a minha tolice. Você diz que teve sorte neste casamento? Um marido melhor não ficaria atormentado com um assunto tão corriqueiro.

Aretáfila pousou a mão no braço do marido.

– Este não é um assunto corriqueiro, e sua preocupação mostra seu coração. Mas nem todos são lobos, Thales. Nem todos são lobos.

Thales olhou para a estrada, onde o vento já havia apagado as pegadas na areia.

– Você está errada, meu amor. Gostaria que não fosse verdade, mas está. Eles lambem os lábios quando a veem. Não são homens. São cobras, serpentes, tentando encontrar os ovos mais frescos. E quando os encontram, eles os quebram, devoram suas entranhas e não deixam nada além de cascas ocas. Sinto em meus ossos. Em cada respiração. Sempre que meus olhos pousam nela. Myrtis era um ano mais velha que Medusa, com apenas metade de sua beleza. O destino de minha irmã não será o de minha filha.

– E então, Thales? O que você quer que façamos?

*

A viagem foi longa; quatro dias a pé e com pouca chuva para combater o calor sufocante e ainda menos sombra para protegê-los do sol escaldante. Os dois viajaram sozinhos e, embora não faltasse dinheiro, dormiram sob um cobertor apenas de árvores e estrelas. No primeiro dia, apesar das tentativas de conversa do pai, Medusa não falou, pois seu coração estava em carne viva. Partido pela despedida de suas irmãs.

– Mas você vai voltar logo, não vai? – Esteno, a mais nova de suas duas irmãs, agarrou-se a suas pernas. – Porque minha cambalhota vai ser ainda melhor então. Você vai ter que me assistir. Você vai voltar e me ver, não vai?

Medusa lutou contra as lágrimas que embaçaram sua visão.

– Você ainda tem a mim – Euríale, a filha do meio, consolou a irmã mais nova, poupando Medusa do desconforto de engasgar com as próprias palavras. – Vou assistir às suas cambalhotas.

– Mas você não é tão boa quanto Medusa – protestou Esteno.

– Não – concordou Euríale. – Mas ainda sou melhor do que você. – Ela bagunçou o cabelo de Esteno até o riso irromper no ar.

– Obrigada – sussurrou Medusa.

Durante toda a sua vida, os sete anos entre Euríale e Medusa pareceram mais do que uma geração inteira. Os modos infantis da irmã – gritando ao ver ratos, tendo acessos de raiva – levaram Medusa a acreditar que seria mais feliz com uma aldeia inteira entre elas. Tantas vezes, lembrou Medusa, ela interrompeu suas interações, entediada com o conteúdo juvenil, ou então permaneceu, mas impaciente ao considerar as formas mais interessantes com o qual poderia estar passando o tempo. Agora, como desejava ter todos aqueles momentos de volta. Todos os minutos em que deixou a irmã de lado para regar as plantas ou ajudar na cozinha ou apenas ficar sozinha e longe da loquacidade da irmã mais nova. *Quanto tempo somariam?, ficou se perguntando.* Todos aqueles minutos. Algumas horas? Soube, no mesmo instante, que a estimativa era baixa demais. Um dia, talvez. Ou até uma semana. Uma semana inteira a mais que poderia ter passado com a irmã.

— Nunca se sabe. — Euríale pegou a mão de Medusa e a segurou. — Talvez a deusa deseje que nos juntemos a você também. Talvez nós três estejamos juntas no templo dela um dia.

— Talvez.

— Ou, talvez, ela a considere bonita demais para ficar lá e a mande de volta para nós com as riquezas de um rei.

— Não tenho certeza se ela me mandaria de volta *e* me daria riqueza.

— É o que veremos — disse Euríale e abraçou a irmã.

Enquanto Medusa continuava caminhando ao lado do pai, tentou recordar em sua mente cada uma dessas lembranças descartadas.

— Perdoe-me, irmã — sussurrou ela ao vento, enquanto caminhava.

— Perdoe-me.

CAPÍTULO DOIS

V isto de fora, o templo parecia vazio.
Os pilares, mais largos do que troncos de carvalhos e duas vezes mais altos, projetavam sombras sobre os degraus de mármore, enquanto os aromas sutis de alecrim e madressilva se agitavam com a brisa.

– Vou esperar por você aqui – declarou Thales, pousando a bolsa na terra antes de se sentar ao seu lado.

– Não entrará comigo?

– Não posso, minha filha. Nenhum homem pode entrar no templo de Athena. Mas vou esperar por você aqui para saber o seu destino.

Medusa subiu os degraus do templo.

O interior era cavernoso. Centenas de velas iluminavam as paredes. Estremecendo, Medusa se aproximou delas.

– Espero que não esteja tremendo de medo? – falou uma voz vinda das sombras. A voz de uma mulher.

Medusa parou de andar.

– Talvez só um pouco.

A risada da mulher ecoou na câmara, sonora e retumbante, como o tilintar de uma taça de cristal.

– Esperamos eliminar isso em breve.

Era como se ela tivesse criado a luz, pois, quando saiu das sombras, as próprias sombras desapareceram.

– Minha deusa. – Medusa caiu de joelhos, o choque duro contra a pedra fez sua pele arder. – Perdoe-me.

Athena balançou a cabeça. Seus olhos lembravam o mármore polido, um cinza reluzente, contemplativo. Centenas de milhares de pensamentos circulavam por trás deles. A pele pálida de seus braços nus brilhava, assim como a adaga embainhada à sua cintura.

– Não há o que perdoar. – Ela ofereceu uma das mãos para Medusa. – Por favor, levante-se.

Mantendo a cabeça baixa, Medusa ergueu-se, engolindo o medo que ameaçava consumi-la. Apesar do medo que fazia seus joelhos tremerem, ela estava desesperada para vislumbrar o poder à sua frente. A presença de uma deusa; era o sonho de todo mortal.

Como se conhecesse esse desejo, Athena segurou o queixo de Medusa com a mão e o ergueu para o céu. Seu toque foi como a água do mar, um frescor na pele de Medusa, desejado, e ainda assim, caprichoso. Um calafrio percorreu a espinha de Medusa. A carne que estava pressionada na dela não era mais parecida com a sua do que a poeira parecia com o fogo, ela sabia. O aperto de Athena era firme, enquanto ela virava a cabeça da jovem da esquerda para a direita e repetia o movimento. Durante essa avaliação, Medusa permaneceu passiva e complacente. Havia passado por essa rotina inúmeras vezes desde que completara oito anos, e a frequência de tais eventos aumentava a cada ano. Alguns homens trouxeram subornos disfarçados de presentes antes de fazerem uma oferta de casamento. Alguns trouxeram mentiras disfarçadas de promessas ou um acordo de que os próprios irmãos se casariam com as irmãs de Medusa quando elas atingissem a maioridade, "apesar de sua aparência inferior". Outros bufavam, e zombavam, e tentavam dar a entender que o que viam não era nada de especial, até mesmo banal, no entanto não passava de fingimento, pois todos tinham olhos e o que viam podia muito bem ter sido esculpido pela mão de um deus.

Medusa deixou a deusa inspecioná-la, seus olhos cinza focados e imóveis durante todo o escrutínio. Sempre a mesma pressão em sua pele, forte e firme. Quando Athena deixou cair a mão e deu um passo para trás, não havia expressão de satisfação ou insatisfação em seu rosto. Apenas aceitação.

– Diga-me, criança. – A mão direita da deusa descansava na adaga. – O que acha de seu pai trazê-la aqui para mim? Para uma deusa. Ele acha que tenho um orfanato? Um lugar onde crianças mendigam, gritam e enchem a barriga enquanto rastejam pelo meu chão? – Sua voz tinha um tom de zombaria. – Ou ele pensa em mim como um refúgio, talvez, para todos os pobres e preguiçosos que não conseguem levantar uma foice para alimentar a própria família? Ou apenas estou aqui por todas as mulheres que temem a agitação dos homens? É por isso que você está aqui, não é? É isso que devo esperar, pudicas, e camponeses, e vermes profanando meu templo?

Medusa não fez nenhum movimento enquanto falava.

– Não estou aqui para profanar nada, minha deusa.

– Então para quê? Por que está aqui? Quer se oferecer? – Ela riu. O calor de sua imortalidade irradiava a poucos centímetros do rosto de Medusa. A relativa tranquilidade de apenas alguns momentos antes havia sido substituída por um timbre amargo e áspero, que zumbia no ar como a estática do trovão antes de uma tempestade. – Ofereça-se aos homens de Atenas, Medusa. Eles vão pagar uma quantia mais valiosa do que eu. Seu rosto, sua juventude, pode definir seu preço. – Ela passou os dedos por um cacho do cabelo de Medusa. – Isso não a tenta? Imagine a vida que poderia comprar. A vida que suas irmãs teriam. Com certeza seria uma tola se não pensasse nisso.

O olhar de Athena se estreitou.

– Por que não se defende, criança? Fale. Conte-me suas razões. Talvez aquele que vi fora do templo não seja seu pai. Talvez você seja a bastarda que assombra os pesadelos dele. – Seus lábios se torceram pela ironia. – Ou talvez você perturbe os pesadelos dele? Talvez ele precise de você longe, pois a tentação desses cachos perfeitos e seios desabrochando seja grande demais. Talvez a viagem para cá fosse a chance pela qual ele ansiava. A chance de tê-la só para si. Afinal, vocês tinham dinheiro. Poderiam ter ficado nas melhores pousadas em sua jornada até aqui, mas, em vez disso, escolheram a Lua como cobertor. Por que seu pai quis mantê-la para si mesmo, criança? Talvez os pretendentes que vieram visitá-la teriam ficado decepcionados com a pureza que receberiam?

O pulso de Medusa disparou, embora ela travasse a mandíbula, recusando-se a morder a isca da deusa. Não poderia ficar calada para sempre; sabia disso. A deusa não era conhecida por sua paciência, e não demoraria muito para que seu silêncio fosse visto como insolência. Mas Medusa não teria suas palavras arrancadas com afrontas. A rigidez do silêncio foi reduzida pelo canto de um único pássaro, uma alcíone perdida que parecia não apreciar o peso do momento.

– Fale, criança. – Os dedos delgados de Athena voltaram a pentear os cabelos de Medusa. Seu tom voltou a se suavizar, seus olhos, acolhedores. – Desejo ouvir suas palavras. Ouvi muito sobre essa sua voz. E você viajou de tão longe para chegar aqui. Tão, tão longe.

Pela primeira vez desde que entrou no templo, Medusa sentiu o peso de sua jornada e a verdadeira seriedade da tarefa que tinha pela frente. As bolhas e feridas doíam na sola de seus pés.

– Podemos nos sentar, se quiser. – Athena notou o vacilar do olhar da menina. – Deve estar cansada.

– A senhora é uma deusa – Medusa disse, ignorando a sugestão da deusa. – Sabe que não havia estalagens, então sabe que não houve delitos. E sabe o motivo para eu estar aqui.

Athena apertou a ponta dos dedos uma contra a outra. O fulgor luminoso de sua pele resplandecia.

– Então, um refúgio? É isso, não é? Seu pai queria que eu assumisse o fardo dele. Vesti-la, alimentá-la e permitir que você usufrua de minha prosperidade. Por que fica calada? – A curva de suas sobrancelhas se ergueu em direção ao vinco em sua pele, onde seu capacete costumava ficar. – Tem razão, observei você, criança. Vi essa sua língua cortar homens com o dobro do seu tamanho em tiras. Eu a vi vender as uvas de seu pai pelo dobro do valor para homens que você sabia que podiam pagar, apenas para dar seus lucros a outros sem valor. Você tem palavras, criança, uma biblioteca de palavras. Por que escolhe não as usar?

O olhar de Medusa manteve-se firme. Respeitoso, mas firme.

– Porque, minha deusa, a senhora já me viu. Sabe do que minha língua é capaz. O que minha mão é capaz de fazer, tecer e assar. Viu meu coração, minha vontade, e de meu pai, mãe e irmãs também. As palavras que eu disser ou não agora, neste momento, não terão influência sobre o que acontecerá comigo. A senhora é uma deusa. Se quisesse, poderia ter desviado nossa jornada uma dúzia de vezes ou mais. Não o fez. Uma palavra, uma dúzia de palavras agora. Não acredito que uma deusa despojaria ou salvaria uma pessoa com base em uma ação quando tem mil atrás de si e cem mil ainda por vir.

Sua decisão foi tomada antes de eu pisar neste templo. Tudo o que me resta é ouvi-la.

Athena recuou. Em seu cinto, a adaga reluzia, mais brilhante do que antes. Uma lasca de verde brilhou em torno de seus tornozelos, pois uma serpente bordada envolvia a bainha de seu manto. A batida no peito de Medusa aumentou, quando a deusa de olhos cinzentos estreitou o olhar, mais uma vez aguçando suas feições e voz.

– E você acha que escolhi acolhê-la? – Seu tom era irônico. – Dentre todas as garotas que vêm até mim, que se apresentam com os braços carregados de presentes, e acredita que vou aceitar *você?*

– Eu não tenho certeza – respondeu Medusa, com uma racionalidade calma de alguém muito mais velho. – Por tudo o que sei, a senhora pode me fulminar e me chutar para as ruas de Atenas antes que a noite caia. Se for esse o caso, então que assim seja. Sei que não posso fazer a poderosa Athena mudar de ideia. E sei que seria tolice de minha parte até mesmo tentar.

Athena percorreu um caminho ao redor da menina, outra procissão a que Medusa já havia sido submetida antes. Ela manteve a cabeça para a frente, os ombros para trás.

– Então você tem sabedoria? – comentou Athena.

– Para uma criança – respondeu Medusa.

A sugestão de um sorriso cintilou nos lábios de Athena.

– A sabedoria é apenas uma parte de mim. Parte do meu templo. E a guerra? O que sabe sobre isso? – Ela parou de circular. – Você nunca esteve em um campo de batalha. Nunca segurou o conteúdo quente da barriga de um homem, enquanto a respiração dele abandona seus pulmões. Seus sentidos nunca foram preenchidos com o fedor de sangue, enquanto aqueles ao seu redor brandem espadas e gritam por sua morte. Que bem faria a mim? Você é uma criança. Você é delicada e fraca.

A língua da criança desenhou um círculo nos lábios, rosa e vibrante em sua pele. Seus olhos deslizaram para cima, não tão longe a ponto de encontrar os da deusa, mas perto o suficiente.

– É verdade – respondeu Medusa, com sua voz infantil lenta e contemplativa. – Não estive em um campo de batalha. Não sou uma filha de Esparta, nascida com o peso de uma espada e o conhecimento de golpes já correndo em minhas veias. Não conheço guerras, mas conheço batalhas. Batalhas travadas em nome da minha família quando meu primeiro pretendente apareceu quando eu tinha apenas oito anos. Batalhas que travei quando me recusei a deixar as mãos dos homens vagarem por onde eles consideravam que tinham direito, ou quando me recusei a segui-los em um passeio, por uma trilha ou para dentro de um olival. Conheço as batalhas que travei enquanto estava no mercado e exigi que os homens não olhassem para meus seios, olhos ou pernas, mas para as frutas que eu estava vendendo. Não foram batalhas de sangue, é verdade, mas são batalhas. Batalhas que lutei e venci.

Athena se afastou da garota. Sua luz havia se difundido, agora suavizada e moderada.

– E essas guerras que travou – questionou ela, passando a mão na adaga. – Acredita que vão acabar assim que entrar em meu templo? Uma vez que for uma sacerdotisa minha?

Pela primeira vez desde que deixou a casa de sua família, foi a vez de Medusa sorrir. Seus lábios se curvaram para cima, o sorriso subiu até suas bochechas. Contudo, o brilho que saía de seus olhos não era de alegria. Era sombrio, e vazio, e não conquistado em sua vida, mas em todas as milhares de vidas que vieram antes dela. Por sua tia, pela tia de sua tia e por gerações antigas demais para recordar.

– Essas batalhas – respondeu – não acabam nunca.

CAPÍTULO TRÊS

Hélio estava reivindicando o céu com uma pequena mancha roxa no horizonte. Medusa tinha se levantado quando ainda havia mais estrelas e estava varrendo o templo desde que se vestiu. Ia se encontrar com membros da pólis naquele dia. Ela deveria se apresentar diante desses homens e mulheres em nome de Athena, responder suas perguntas e conceder a sabedoria da deusa da melhor maneira que pudesse. Aquela era a terceira vez em tantas luas que essa responsabilidade lhe coubera. No mundo exterior, outras mulheres poderiam ter ficado com ciúmes vendo isso como favoritismo da deusa, porém, no templo, tais pensamentos eram guardados para si mesmas. Não havia nada a ganhar menosprezando a outra; suas mesas seriam sempre servidas com a mesma comida. Suas camas ainda seriam cobertas com o mesmo linho.

As mãos de Medusa agarraram a vassoura enquanto ela varria o chão do templo, fazendo partículas de poeira se erguerem em espiral acima e acrescentando mil estrelas a mais às constelações matinais que sumiam. Quando seus passos já não faziam mais marcas no chão, pegou seus instrumentos e desceu as escadas até a câmara sob o templo. Lá limpou as mãos e os pés, esfregou-os com sálvia e laranjas e ajeitou a túnica sobre o corpo. Ela enrolou a tiara de sacerdotisa ao redor da testa e colocou o xale branco sobre os ombros. Algumas em sua posição usavam ouro e joias para tal ocasião, mas seu objetivo nunca foi cegar os olhos de um homem, apenas entrar neles.

*

– Ele está roubando – o homem disse a ela. – Sem parar. Três vezes esta semana, roubando de mim. Isso é o alimento da minha família. Seu dinheiro, seu ouro.

– Ele roubou ouro, além de comida? – perguntou Medusa.

– O que compra alimento senão o ouro?

– Sua esposa numa cama, pelo que ouvi – alguém gritou da multidão. Um lampejo de raiva atravessou o rosto do homem, antes que ele se voltasse para a sacerdotisa.

Medusa estava sentada em um banquinho de madeira, enquanto um grupo de homens se amontoava ao seu redor, esperando que suas queixas fossem ouvidas. Alecrim e erva-cidreira ardiam no chão, seus aromas inebriantes tornavam o ar ao redor pesado.

– Ofereceu comida a ele? – A pergunta de Medusa viajou com clareza até o homem, embora ele balançasse a cabeça, como se as palavras dela não fizessem sentido.

– Ele está me roubando. Por que eu daria comida a ele?

– Porque ele está roubando de você. Ofereça-lhe comida. Nenhum homem quer o que pode ser dado a ele livremente. Suas frutas não são mais doces do que as dos outros. Ofereça sua comida a ele. Eu ficaria surpresa se ele continuasse a roubar.

— E se ele se recusar a aceitar a comida? — questionou o homem; suas bochechas ainda coradas de irritação.

— Então talvez ele perceba o erro das ações dele por meio de sua compaixão. Se aceitar e o roubo continuar, talvez se possa fechar os olhos para isso.

A tensão do maxilar do homem indicava uma nítida desaprovação.

— Então, devo apenas deixá-lo roubar? — questionou ele.

Medusa recostou-se em seu banquinho e examinou o homem. Seu queixo tinha uma covinha e seu cabelo escuro estava grudado ao couro cabeludo. Ao redor de seu braço havia uma faixa de ouro, mais larga que seu pulso.

— Senhor, daria sua comida aos deuses se assim o pedissem?

O homem balançou a cabeça em confusão.

— Claro. Qualquer homem são o faria.

— E se um deus roubasse?

— Os deuses podem pegar e dar como quiserem.

Medusa sorriu.

— Eles podem — declarou ela. — Então estamos de acordo. Mas — ela fez uma pausa e se inclinou um pouco para trás — e se esse deus estiver disfarçado? Como Poseidon vem à praia. Como pode saber se o homem a quem está recusando comida é um mortal ou um deus?

O tremor no queixo do homem continuou.

— Esse vizinho viveu ao meu lado toda a minha vida.

— E, no entanto, você só o vê quando está com os olhos abertos. Para onde, penso eu, ele vai quando seus olhos estão fechados ou quando você não está olhando?

O homem corou. Sua audiência durou mais do que o necessário, e de trás dele veio a reclamação daqueles que ainda desejavam a atenção da sacerdotisa.

– Você pediu a sabedoria da deusa, e ela lhe foi concedida – declarou Medusa ao homem. – Entende?

Com a mandíbula travada, o homem abaixou a cabeça e acenou em gestos rápidos.

– Obrigado, minha senhora – disse ele, voltando a se misturar à multidão, arrastando os pés.

A maioria das solicitações que ela recebeu naquele dia eram discussões tolas e diferenças reconciliáveis. Homens roubando comida, homens roubando mulheres, homens roubando gado, gado pelo qual os homens muitas vezes tinham mais carinho do que por suas mulheres. Os homens não precisavam de deuses, considerou Medusa, precisavam apenas de alguém, de qualquer pessoa, que os guiasse em sua vida.

– Minha filha foi mandada para casa em desgraça – declarou um homem, colocando-se à frente da multidão e roubando a atenção de Medusa. – Esse marido foi o seu segundo. O dote quase custou meu sustento. Por que ela faz isso? Por que ela se sobrecarrega, se desgraça dessa maneira? Será que ela não vê que logo estará velha demais para se casar e não teremos dinheiro para uma união apropriada?

– Sua filha está aqui? – perguntou Medusa.

O homem sacudiu a cabeça.

– Este não é um lugar para mulheres – respondeu.

Medusa levantou uma sobrancelha.

– Diga-me, como sua filha o desonrou? Que atos oprimiram tanto sua alma?

A testa do homem se enrugou.

– Nenhum homem vai se casar com ela agora – disse ele. – Ela será forçada a ficar em casa, cuidando das plantações até o dia de sua morte.

– E ela sabe disso?

– Como poderia não saber?

A mão de Medusa se ergueu até a testa, onde um fino cacho havia se soltado da faixa em sua cabeça. O homem a lembrava de seu pai, com tantas preocupações gravadas na testa. Ele também podia ter a mesma idade, pensou ela, pois fazia mais de cinco anos que se despedira do pai nos degraus do templo de Athena.

– O senhor é um bom homem – declarou. – Talvez até melhor do que os cem homens que falaram antes do senhor hoje. Apresentou-se e me contou apenas a desgraça de sua filha, o fardo que ela colocou sobre si mesma.

O homem assentiu solenemente.

– Mas essas desgraças são escolha de sua filha. Você fala sobre os fardos dela agora, acaso perguntou sobre os fardos dela antes? – O homem permaneceu em silêncio enquanto mordia a unha do polegar. – Não é a vida que você teria escolhido para ela, compreendo, de labuta e incerteza. Contudo, o que é fardo para alguns, é liberdade para outros. Um encantador de serpentes ganha a vida onde outros encontrariam a morte. Um marinheiro passa anos no mar, enquanto outros podem perecer em uma semana. O senhor a criou bem. Confie nela.

*

A noite em Atenas estava abafada e úmida. Corpos se agitavam nos becos, gritando e rindo, brigando e se unindo. O céu estava colorido com um tom alaranjado e o ar quente acima das edificações ofuscava os pássaros que voavam de telhado em telhado. Quando ela chegou ao templo, Medusa inclinou a cabeça para a estátua de sua deusa antes de subir os degraus.

– Medusa? – O nome veio de uma sombra, um canto escuro na beira da escada. – Pode me ajudar?

Uma mulher apareceu, dobrada e encolhida até a metade de sua altura, estendendo as mãos para a sacerdotisa. Seu corpo estava envolto em um xale marrom, grosso e áspero como o saco de um mendigo. Seu cabelo embaraçado era castanho-avermelhado escuro, e mantinha a cabeça abaixada, círculos perfeitos de vermelho caíam no chão a seus pés.

– Cornélia? – Medusa chamou, seus olhos escaneando o mar de rostos que passavam em frente ao templo. – Rápido, rápido. Entre. Você não deveria ter esperado aqui.

Ela envolveu a figura com os braços e a conduziu para dentro do templo, ainda lançando olhares de um lado para o outro.

– Ele sabe onde você está? Ele a seguiu?

A mulher sacudiu a cabeça.

– Não, não. Acho que não. Eu vim a pé. Ninguém poderia ter me reconhecido. Não contei a ninguém na casa.

– Veio a pé até aqui? – Medusa sentiu um grande aperto no peito. Apenas podia imaginar o rastro de sangue que havia sido deixado nas pedras. Estendeu a mão para o ombro da mulher. – Mostre-me – pediu.

Cornélia ofegava quando abaixou o xale marrom até a cintura. Um pequeno arquejo irrompeu atrás delas. Medusa se virou, sufocando o choque da outra sacerdotisa com um aceno de mão.

Por baixo das vestes de mendiga, Cornélia usava túnicas de seda, manchadas de marrom e vermelho. Em torno de seus pulsos havia pulseiras e braceletes, não apenas de ouro e prata, mas também de preto e roxo que ainda estavam se formando. As marcas em seu pescoço e braços pareciam tanto as marcas de mão feitas por uma criança na lama. Polegares, dedos e unhas esculpiam reentrâncias na carne jovem dela.

– O que aconteceu? – perguntou Medusa, pegando uma tigela entregue a ela por outra sacerdotisa.

– Eu o encontrei com… eu o encontrei. – Ela se conteve, sem precisar de mais explicações. – Não era minha intenção, juro. – Sua voz vacilou. – Eu não estava espionando. Não estava bisbilhotando. Apenas entrei na câmara e… e… – Seu tremor libertou as lágrimas que se acumulavam em seus olhos.

Com a delicadeza de uma borboleta sobre uma pétala, Medusa colocou um pano no pulso da mulher e começou a limpar o sangue.

– Acho que ele queria que eu morresse – disse ela.

– Temo que seja verdade – concordou Medusa.

Aquele não era o primeiro encontro. Medusa estivera presente no casamento da garota cerca de quatro anos antes, como uma indicação da aprovação de Athena para o casamento. Considerando que a criança tinha a mesma idade de Medusa quando os pretendentes começaram a aparecer, era impossível não sentir um vínculo. O noivo era um líder militar, um homem honrado e, como tal, consideraram o arranjo extremamente favorável. Aquele dia havia sido regado a vinho, tanto que poucos estavam de pé quando Medusa partiu. Risos e música ecoavam do casamento, enquanto ela colocava seu xale noturno sobre os ombros e voltava para o templo. Mas a alegria não tocou Medusa, pois, durante a bênção, quando os olhos da jovem se voltaram para Medusa, eles transmitiram apenas medo. Medo do desconhecido. Medo do conhecido, mas ainda não vivenciado. Medo, possivelmente, do vivenciado até o momento. Não era uma resposta incomum, Medusa sabia. A maioria das mulheres parecia amedrontada na noite de núpcias, e aquelas que não pareciam, em geral, não demonstravam nenhuma emoção.

Contudo, os meses se passaram e a expressão não desapareceu. A criança, quando Medusa a via, recuava para a sombra do marido. Mesmo quando sua barriga crescia com a gravidez, ela não resplandecia nem sorria como tantas faziam quando estavam para dar à luz seu primeiro ou qualquer filho. E quando a criança chegou, foi como se sua vontade tivesse abandonado por completo seu corpo. Nos últimos dois anos, com frequência, ela chegava com as bochechas com hematomas e as costelas roxas, embora nunca tão escuras quanto agora.

– Não há algum lugar para onde você possa ir? – perguntou Medusa, enxaguando o pano vermelho na tigela e espremendo a água ensanguentada com as mãos. – Não tem um irmão, um tio?

Cornélia balançou a cabeça.

– Não. Talvez. Provavelmente.

– Você tem família?

Ela franziu a testa antes de dar um único aceno.

– Tenho um primo. Na ilha de Cefalônia. Mas o que faria lá? – perguntou. – Não tenho formação. Nem habilidades. Meu marido me encontraria.

– Não há como saber isso. Você é jovem. Há tempo para aprender.

– Então, quando ele me encontrar, vai matar uma mulher habilidosa? E minha filha, que tipo de vida ela teria ao crescer nas rochas de uma ilha? – Ela balançou a cabeça, a ação causou um espasmo de dor em sua boca. – É melhor eu vir para cá – disse ela. – Para o templo da deusa. Nenhum marido pode bater em uma mulher por ela ter ido a um templo, pode? – Ela falou dando uma risada ínfima, embora seus olhos continuassem a trair seu medo.

– Vamos limpá-la e encontrar um lugar para você – declarou Medusa. – Vou encontrar um lugar para você.

Medusa ergueu a mão para guiar a mulher até os aposentos atrás do templo, mas ela não se mexeu.

– Cornélia?

Os olhos da jovem pousaram no chão de mármore. Seus dedos dos pés se pressionavam uns contra os outros.

– Há mais uma coisa – revelou ela.

Um arrepio percorreu a espinha de Medusa, e ela murmurou uma oração para Atena. Os sons de gritos das ruas da cidade mascararam o silêncio, enquanto a sacerdotisa esperava. Ela sabia o que viria a seguir. Devagar, Cornélia afastou o xale em torno de seus quadris. A mancha de sangue se estendia até seus joelhos.

– Eu estava grávida – explicou. – Eu estava com outra criança. Mas temo que a tenha perdido. Meu bebê se foi, não foi?

Medusa ficou em silêncio, pois sabia que não havia palavras que pudessem conter tamanha dor.

Depois que as feridas foram lavadas e enfaixadas, elas vestiram a mulher com trajes de sacerdotisa. O sangramento não havia parado e não pararia por muitos dias, uma sacerdotisa mais velha informara. No entanto, se as dores persistissem após a próxima lua, ela deveria retornar e se banhar nas fontes da deusa. Ela teve sorte de estar no início, a sacerdotisa mais velha comentou, enquanto beliscava cor de volta às bochechas de Cornélia. Era melhor quando estava no início. Medusa teve dificuldade em ver como qualquer aspecto da situação poderia ser considerado afortunado.

– Estas sedas são quase tão delicadas quanto as minhas – comentou Cornélia, tentando ser jovial, enquanto puxava as mangas do manto sobre a pele machucada. – Talvez eu devesse ter me juntado à deusa em vez de me casar.

– Você ainda pode encontrar outra maneira. Vou escrever para seu primo. Assim que tivermos notícias, chamaremos você. Por enquanto, vamos encontrar um lugar para você dormir esta noite. – Medusa pegou a mão da garota, mas seu gesto foi recebido com silêncio. Os olhos de Cornélia, que por tanto tempo olharam suplicantes para Medusa, agora se recusavam até mesmo a encontrar os dela.

– Medusa, eu agradeço. Você cuidou bem de mim.

– Cornélia…

– É tarde. Há um limite para quantas horas uma mulher pode orar sem que seu marido se sinta abandonado.

Medusa estendeu a mão para tocar-lhe o ombro, mas lembrando-se dos hematomas, recuou.

– Cornélia, não. Você não precisa voltar para ele.

– Preciso sim.

– Não, não precisa.

– Quer que eu me torne uma ilhoa? Uma camponesa? – Seu lindo rosto se contorceu. – Quer que eu escave a terra e divida um colchão de palha com ratos e animais peçonhentos? Como eu poderia viver uma vida assim?

– Você a viveria. Você estaria viva. Não precisa voltar para ele.

– Preciso sim.

– Não, você…

– Sim. Minha esposa tem razão. Ela precisa voltar para casa agora.

Ele estava parado à luz da entrada, com os braços bronzeados estendidos, o nó dos dedos esfolado, vermelho e ensanguentado pela resistência da carne da esposa. Havia um nervosismo em sua postura, uma irritação em seus olhos.

A fúria, quase sobrenatural em sua intensidade, invadiu Medusa. Ela deu um passo em direção a ele.

– Este é o templo da deusa. – A ira em sua voz fez o ar tremer. – Você não tem permissão para estar aqui.

Os olhos de cobra do homem se levantaram em um sorriso, como se ela não tivesse feito mais do que perguntar o preço de um figo.

– Não tenho intenção de invadir. Vim apenas buscar o que é meu. Terminou suas orações, meu amor? – Ele falou para além de Medusa, dirigindo-se à esposa, que tremia atrás dela. – Sei que os deuses a terão ouvido. Tenho certeza. E que como escolhi o momento certo para aparecer quando você deseja? É como se fôssemos feitos um para o outro.

Os pés de Cornélia permaneceram enraizados no chão. A ousadia com a qual ela havia falado antes evaporou no ar.

– Cornélia. – O tom do marido ficou mais duro.

– Senhor – Medusa disse novamente. – Este é o templo de Atena. Saia daqui.

– Vou embora quando tiver o que vim buscar.

– Deveria partir agora, com o pouco que resta de sua dignidade.

A raiva faiscou nos olhos dele.

– Ousa me questionar? – Ele deu um passo adiante, entrando no templo. Medusa ofegou como se o pé dele tivesse se enterrado em seu estômago, em vez de simplesmente cruzar a soleira do templo. Os dedos dele se flexionaram. Seus olhos reluziam.

– Deseja atacar uma sacerdotisa no templo da Deusa da Guerra? – questionou Medusa.

– De modo algum – respondeu ele.

– Então saia.

O homem sacudiu a cabeça.

– Vou embora quando tiver o que vim buscar.

– Você irá. Os deuses o verão aqui. Verão você, aqui, neste dia, marque minhas palavras. Você não conhece ira como a de uma deusa cujo templo foi profanado.

Ela se manteve firme, com as mãos tremendo contra os quadris, sem medo, apenas fúria.

– Não desejo machucá-la, sacerdotisa. Vim apenas buscar o que me pertence.

– Você não tem direito sobre ela aqui. E não profanará o nome de Athena – repetiu Medusa.

Atrás dela, a respiração entrecortada de Cornélia ecoou.

– Eu irei. Irei com você, meu amor.

Medusa girou, sem ar.

– Você não pode.

– Olhe para vocês dois, brigando por causa de um erro bobo. – Ela deu uma risada alta e falsa. Seus olhos passaram por Medusa, enquanto seus pés se moviam rápidos sobre o chão. Ambos pousaram ao lado do marido. Ela pegou a mão dele e passou os braços ao redor dele, fazendo uma careta de dor. Os olhos de Medusa foram atraídos para a barriga dela. Uma barriga onde, apenas algumas horas antes, um pequeno coração palpitava, tão pequeno que só os deuses podiam ouvir. Cornélia voltou-se para a entrada.

Apenas à soleira ela olhou para Medusa, murmurou algo, talvez uma palavra carinhosa, talvez um pedido de desculpas. Qual dos dois Medusa jamais saberia.

CAPÍTULO QUATRO

Três dias depois, um escravo foi ao templo. O homem era jovem, sua pele escura marcada com listras rosadas. Ele caminhava de cabeça baixa e esperou nos degraus do templo. Quando outra sacerdotisa se aproximou dele, ele solicitou Medusa pelo nome.

– Meu mestre diz que não precisa mais disto. – O mensageiro colocou um item na palma da mão de Medusa. O ouro do anel estava opaco e manchado, uma crosta vermelha embotava o brilho.

– E a sua senhora? – As palavras saíram da boca de Medusa, com sua língua e garganta dormentes.

– Um acidente. – Os olhos do homem correram pelo chão.

Ela não tinha o hábito de chorar, não mais. Chorou naquela primeira noite quando o pai a havia deixado. A deusa também se fora e ela ficou sozinha, não apenas no templo, mas no mundo. Na privacidade de um canto tranquilo, permitiu-se um momento.

Houve outras vezes nos primeiros dias. A visão de uma criança ensanguentada ou de um bebê natimorto fazia com que as lágrimas surgissem e caíssem livremente. Na maioria das vezes, passavam despercebidas, abafadas pelos lamentos e choros da mãe. Pouco a pouco, ao longo dos anos, seu coração endureceu para tais questões. Era a vida. Crianças eram espancadas, bebês morriam e, todos os anos, inúmeras mulheres eram perdidas da mesma forma que Cornélia. Algumas delas vinham até o templo, buscando forças para se afastar. Poucas tinham a coragem de ir até o fim. Algumas ficavam com os maridos por causa dos filhos, outras pelo ouro. Muitas por se apegarem a uma esperança, por mais infundada que fosse, de que o marido delas pudesse mudar.

E, assim, Medusa se acostumou com a maneira como esses eventos se desenrolariam, e cada um deles fez com que a pedra em seu peito endurecesse ainda mais. Mas, para Cornélia, as lágrimas se recusavam a diminuir.

– Está sofrendo demais por essa, criança – comentou Athena enquanto Medusa chorava sobre seu vinho. Ela havia deixado seus deveres na pólis e se deitou nos aposentos abaixo do templo. Demorou algumas horas até que as lágrimas dessem lugar ao sono e, mesmo quando este veio, foi superficial e breve. Quando ela acordou, havia um brilho no ar, e a deusa estava ao seu lado.

– Ela escolheu voltar para aquele homem – disse Athena, acariciando seus cabelos como se fosse uma criança. – É responsabilidade dela. Você não deve se culpar.

– Não me culpo – disse Medusa. – Culpo a ele. Por cada gota do sangue dela.

– Ótimo.

– Mas ele não vai pagar por isso.

– Ele vai. Os deuses cuidarão disso.

Medusa bufou.

– Não acredita em mim? – A mão de Athena parou.

– São os deuses que causam isso – retrucou Medusa. – Seu poder, sua força. Sua raiva e terror obstinados. Revelam aos homens tudo o que eles não são capazes de controlar e, desse modo, forçam os homens a reivindicar domínio sobre a única coisa que têm ao alcance deles.

– Então, você me culpa? Considera que faço parte disso?

Medusa se levantou de onde estava.

– Você, minha deusa, não. Nunca. – Ela suspirou fundo. – Por que as mulheres são vistas como instáveis? As mulheres seguram facas com mais frequência durante o dia do que os homens, mas não são as mulheres que esfaqueiam seus maridos até a morte quando temem o adultério. As mulheres se reúnem em grupos com amizades mais fortes que o aço, mas não são as mulheres que se unem em gangues para linchar seu marido quando um indício de transgressão ressoa pelo ar. Não são as mulheres que buscam amante atrás de amante e, em seguida, fazem promessas de amor que revogam quando cabelos mais escuros e olhos mais profundos se voltam em nossa direção. Somos constantemente acusadas de sermos emocionais, irracionais. As mulheres não se embebedam como os homens e insultam estranhos nem atiram pedras em protestos. As mulheres usam as palavras e a razão, enquanto os homens usam os punhos e a força. Então, por que estamos sempre em segundo lugar? Por que as coisas são assim, minha deusa? Por que estamos sempre em segundo lugar?

Medusa esperou, com um desejo em seu coração de ouvir as sábias palavras de seu ídolo, mas, pela primeira vez, a deusa da sabedoria tinha pouco a dizer.

– Às vezes, os limites não são claros, Medusa. – Athena ficou de pé. – Algumas vezes, é difícil ver onde seus pés estão plantados quando se está focando tão longe no horizonte. Mas não vamos falar disso aqui, no meu lugar de paz. Virei até você em breve. – Ela se curvou e beijou a cabeça de Medusa, e a pele de Medusa se arrepiou como se gelo e luz do sol tivessem caído ali.

*

Deixando de lado seus deveres, Medusa ficou afastada e observou o marido de Cornélia pegar uma tocha e levá-la à pira da esposa. O dia estava frio. Uma brisa gelada soprava, vinda do mar, borrifando o ar com cristais de sal e fazendo com que as chamas estalassem e chiassem, enquanto lambiam o cadáver. Ele não precisava de túnicas para se aquecer, pensou Medusa, observando as lágrimas de crocodilo escorrerem pelo rosto do homem. Curvando a cabeça, ele aceitou abraços de todas as senhoras que se aproximaram. Enquanto o sol descia no horizonte, Medusa continuou ali, afastada, ouvindo as condolências que ele absorvia com tanta facilidade quanto o vinho que enchia sua taça. Vinho servido por moças cuja carne ele beliscava, mais parecendo um fazendeiro inspecionando a qualidade de seu gado do que um marido enlutado pela esposa. Não era incomum, é claro; ele dificilmente seria a primeira pessoa a entorpecer sua dor com a bebida. Exceto que, pelo que ela vira, não havia dor, não dor de verdade. À medida que o dia se transformava em noite, Medusa continuou a observar. Ela mesma se absteve do vinho; a doçura seria azedada pela bílis de sua cólera, que crescia a cada instante que passava. Ela observou, enquanto a mão dele deslizou sem esforço para a de outra mulher e, em seguida, da mão para a coxa e subindo ainda mais. Ela observou quando o riso lhe sacudiu a barriga e ele fazia brindes, não à esposa, mas à boa sorte na vida.

Quando não conseguiu mais assistir, Medusa agarrou a taça mais próxima, virou o vinho garganta abaixo e marchou ao encontro dele.

– Sua esposa acabou de deixar este mundo – disse. — Acha que isso mostra decência?

– Sacerdotisa? – murmurou ele, com um sorriso de escárnio em suas feições. – Junte-se a nós. – Ele deu um tapinha na manta bordada, que cobria o assento ao seu lado. – Há ainda muito espaço aqui.

Medusa cuspiu no chão.

– Você não passa de um assassino – declarou ela.

O homem zombou.

– Sou muito mais e creio que posso mostrar para você. Venha, tome mais vinho.

Medusa hesitou e então pegou a taça da mão dele.

Um segundo depois, uma onda de vermelho se espalhou pelo ar.

Os convidados mortais do funeral não foram os únicos que viram o vinho voar pelo ar naquela noite. Vestido com o traje de um nobre, Poseidon assistiu com prazer enquanto a sacerdotisa atirava suas palavras e vinho sem inibição. Ele se virou para o homem ao lado e perguntou:

– Quem é aquela mulher?

– É a sacerdotisa Medusa, do templo de Athena.

Poseidon sorriu para si mesmo.

– Ela tem fogo.

CAPÍTULO CINCO

A primeira vez que foi vê-la, ele esperou nos degraus do templo. Por duas semanas, ele a observou, estudou, sua mente focada em mais nada. Nas ilhas, ele deixou as tempestades rugirem e os navios serem atirados contra as rochas, pois nada disso importava agora. Poseidon tinha outras considerações em mente. Considerações belas e tortuosas. Na primeira semana, veio como um mercador: rico, belo, sedutor. Era um disfarce que havia escolhido para muitas ocasiões semelhantes. Carregava um frasco cheio de vinho e uma bolsa de pedras preciosas que virava na mão e exigia preços extravagantes. Mulheres e homens se reuniam ao seu redor, de olhos arregalados diante da visão.

No entanto, enquanto outros ficavam encantados com seus contos exóticos e piadas encantadoras, Medusa não lhe dava atenção e passava pelo deus e suas mercadorias todos os dias, sem olhar duas vezes. Pelo contrário, suas joias pareciam lhe causar repulsa.

Não demorou muito para Poseidon perceber que a sacerdotisa não tinha tempo para vagar sem rumo, ouvindo as histórias dos mercadores.

E assim, repensou sua abordagem. Peixes diferentes exigiam anzóis diferentes.

Ele escolheu a hora do dia em que sabia que ela voltaria da pólis. Ele próprio estivera lá, dessa vez disfarçado de velho, buscando a sabedoria dela sobre a melhor forma de lidar com uma égua problemática. Sua resposta foi ponderada, embora ele observasse apenas o movimento dos lábios dela e não se importasse com as palavras que saíam deles.

– Com licença, sacerdotisa – chamou ele, falando, enquanto Medusa subia os degraus. Seu novo disfarce era bem mais jovem do que o de antes. – Com licença.

Medusa virou-se para encará-lo. Seu cabelo estava coberto por um xale, e a poeira fina do dia havia transformado o branco da seda em um âmbar sutil e cintilante. A faixa que ela usava na cabeça havia escorregado um pouco para um lado, permitindo que seus cachos se soltassem e caíssem sobre os ombros.

– Tenho uma oferenda para a deusa – anunciou ele, estendendo uma bandeja e olhando para o templo. – Esperava poder entregá-la. Ele havia escolhido a roupa para a ocasião com cuidado. Exuberante demais, e ela o dispensaria no mesmo instante, como fizera com o mercador. Simples demais e ela ficaria intrigada sobre como ele conseguiu tal oferta antes de tudo.

– Obrigada – respondeu Medusa. Ela estendeu a mão e pegou a bandeja de prata carregada de iguarias.

Ele continuou segurando com firmeza o outro lado.

– Seria possível que eu mesmo a levasse? – perguntou. – Ao templo?

– Não – declarou Medusa. – Nenhum homem pode entrar no templo de Athena.

O homem assentiu, pensativo.

– Mesmo se você for ao meu lado?

– Nenhum homem pode entrar no templo – repetiu Medusa. Ela falou com firmeza, mas gentilmente. Poseidon continuou acenando com a cabeça. Seu aperto permaneceu forte em torno da bandeja.

– É minha esposa, sabe – disse, lançando à sacerdotisa o olhar mais suplicante que conseguiu. – Gostaria de agradecer a Athena por minha esposa.

– Sua esposa não está bem, senhor? – perguntou Medusa. – Ela não pode vir ao templo ela mesma?

O homem sorriu. Era um grande sorriso, ele sabia, mas não foi retribuído da maneira que esperava.

– Ela está muito bem, obrigado, sacerdotisa – respondeu. – Mas é por isso que desejo agradecer à sua deusa. Ela estava doente e eu temia o pior, mas minha esposa rezou para Athena e somente para Athena todos os dias e todas as noites, e no quinto dia a febre cedeu. Minha esposa virá fazer uma oferenda quando estiver totalmente recuperada – explicou. – Mas eu queria fazer a minha própria. Para demonstrar minha gratidão.

– É atencioso de sua parte – disse Medusa. – E a deusa verá este ato com bons olhos. Vou garantir que ela receba esta oferenda. – Ele sorriu mais uma vez, usando toda a habilidade de sua marionete mortal.

– Mas não posso ir até ela eu mesmo?

– Não – confirmou Medusa.

Com relutância, ele soltou a bandeja e baixou a cabeça.

– Obrigado – respondeu.

*

No dia seguinte, ele esperou mais uma vez fora do templo. A oferta foi menor desta vez, nem de perto tão generosa, pois o que aparentaria se oferecesse um presente maior agora? Como se sua primeira oferta tivesse sido mesquinha. Como se ele a tivesse enganado sobre seus meios. Medusa sem dúvida notaria essa falha. Mais uma vez escolheu um lugar ao pé da escada, e dessa vez, quando a chamou, não foi pelo título, mas pelo nome.

– Medusa – disse. A sacerdotisa parou. Ela levantou a cabeça e se virou. – Perdoe-me se falei fora de hora. Contei a minha esposa sobre nosso encontro ontem e ela me garantiu que deve ter sido com a sacerdotisa Medusa com quem conversei.

– Sua esposa tem razão. Embora eu acredite que você não tenha me dito o nome dela.

Um leve aumento de tensão cintilou no sorriso do deus.

– Caroline – informou ele, um nome familiar entre as damas de Atenas. – Não posso descansar – disse ele. – Receberemos a família dela hoje e não queríamos parecer rudes, mas ela me pediu para lhe oferecer isto. São para você – enfatizou.

– É muita gentileza, senhor.

– Ora, não é nada. Considere como um pedido de desculpas pela minha intromissão anterior.

Com sua frase flutuando no ar, ele se virou e colocou a mão sobre a dela. O calor dela fluiu para ele como um bom vinho. Então, em um instante, ele virou as costas e desceu os degraus. Os olhos de Medusa ainda estavam sobre ele, sua partida repentina claramente a intrigou. O calor da mão dela ainda estava fresco na ponta dos dedos dele. Era exatamente como ele desejava.

CAPÍTULO SEIS

No dia em que ele entrou no templo, o calor estava tão sufocante que os pássaros, que em geral planavam e esvoaçavam pelo telhado, haviam descansado suas penas no chão de mármore na tentativa de que o calor do corpo deles se esvaísse um pouco. Os adoradores haviam partido, suas oferendas tinham sido recebidas e as bênçãos dadas a eles em nome da deusa de olhos cinzentos. Por todas as paredes e diante dos altares, duas dúzias de velas ardiam até a ponta de seus pavios, a cera branca pingava e se acumulava em volta dos castiçais. As outras sacerdotisas haviam sido chamadas. Ele tinha cuidado disso. Uma criança com febre, uma esposa perturbada, qualquer incidente que exigisse a ajuda de uma sacerdotisa. Não tinha sido tarefa fácil, mesmo para um deus, garantir que nenhuma peça estivesse fora do lugar, nenhuma outra sacerdotisa permanecesse. A maioria das mulheres tinha sido chamada pelo nome, de modo que, mesmo quando Medusa se ofereceu para ir no lugar delas, disseram que ela deveria permanecer. Conseguiriam cuidar de tudo, afirmaram. Se não conseguissem, mandariam buscá-la.

E elas conseguiram. Pois, quando as sacerdotisas chegaram a seu destino, algumas tendo viajado quilômetros a pé, ficaram surpresas ao descobrirem que as crianças não estavam tão doentes quanto haviam sido levadas a acreditar, nem as esposas tão aflitas. Ainda assim, ficaram um pouco e beberam e comeram com as famílias, pois haviam caminhado muito e seria uma jornada igualmente longa de volta ao templo.

Medusa estava ajoelhada diante das velas. Naquela noite, seus pensamentos se voltavam para sua família. Ouvira boatos sobre eles desde sua partida. Uma mistura de histórias que poderiam ou não ter traços de verdade. Recentemente, os rumores eram de que uma de suas irmãs havia se casado. Parecia impossível. Afinal, a mais velha, Euríale, tinha apenas treze anos. Embora muitos pais tenham negociado as filhas nessa idade, parecia improvável que os dela fizessem isso. A menos, é claro, que tivessem passado por tempos difíceis. Mas os boatos mudavam como o vento, um pequeno exagero ou omissão de cada língua que conta a história, torcendo e distorcendo o conto, cada vez mais. Além disso, um mais favorável poderia muito bem chegar a ela até o fim da semana.

Perdida em seus pensamentos, Medusa observava as velas quando algo interrompeu seu devaneio. Não houve passos ou vozes, apenas o farfalhar de penas e o bater de asas quando os pássaros abandonaram seu lugar no frescor e voaram para o ar quente do qual antes buscavam refúgio. Com o canto do olho, Medusa viu a sombra. Uma figura encoberta pela escuridão.

– Posso ajudar? – ofereceu, levantando-se e se virando. – Procura o auxílio da deusa?

– De Athena? Não. – A voz do homem causou calafrios nos braços de Medusa e desceu até a base de sua espinha. – Apesar de toda a sua glória, ela não pode me satisfazer.

– Senhor – declarou ela. Ela não reconhecia a voz profunda. – Não tem permissão para estar aqui. Devo lhe pedir que saia.

– Mas esta é uma casa de deuses – retrucou ele. – Então, a casa pertence mais a mim do que a você. E, no entanto, não peço que saia, sacerdotisa.

A figura saiu para a luz. Medusa piscou, confusa.

– Eu o conheço. Você deu presentes para a deusa.

– Dei presentes para você.

Medusa franziu a testa enquanto sua mente clareava.

– Presentes de sua esposa. Certo? Você deu presentes de sua esposa. Ela se chama Caroline, certo?

A risada que se seguiu foi alta e profunda e fez os pilares da terra estremecerem de uma forma que Medusa nunca havia visto.

– Minha esposa? Ah, sim, ela está em algum lugar, lançando a rede dela, lá fora com os ouriços e as enguias.

A pulsação de Medusa acelerou e se intensificou, enquanto ela procurava um lugar seguro nas sombras.

– Quem é você? Por que está aqui?

O homem sorriu. Seus olhos brilhavam com fogo e água, juntos em uma torrente sem fim.

– Qual pergunta devo responder primeiro? – questionou ele enquanto se aproximava dela. – Quem sou eu ou por que estou aqui?

Medusa deu um passo para trás, com os músculos trêmulos. Ela pegou uma das velas e estendeu-a à frente, apontando a chama para o homem. A cera derretida cedeu entre seus dedos, queimando sua pele, mas ela não a soltou. Não até que o corpo dele estivesse a apenas alguns centímetros dela, a apenas alguns centímetros da chama, ela a arremessou com toda a força.

A risada ecoou ao seu redor.

– Esperava que isso me machucasse? – Ele bufou, na cara dela. – Pensei que você fosse sábia, Medusa. Que tipo de sacerdotisa Athena está mantendo aqui se elas pensam que uma pequena chama pode ferir um deus? Temo que ela tenha sido enganada. Talvez nós dois tenhamos.

Tremendo, Medusa permaneceu firme e encarou os olhos aquosos.

– Eu não enganei ninguém – declarou ela. – Este é o templo de Athena, e você não tem permissão para entrar aqui.

Qualquer traço de diversão sumiu do rosto dele. Seus olhos escureceram.

– Eu sou Poseidon – declarou ele. – E entro onde eu desejar.

Os braços e as pernas de Medusa ficaram presos, sua voz foi silenciada pela mão, com gosto de sal e mar, que ele apertou sobre sua boca para abafar os gritos. Mesmo com os olhos fechados, as lágrimas escorriam sem parar pelas suas bochechas. Quanto tempo durou, ela não sabia dizer, pois o tempo perdeu todo o significado, estendeu-se e alongou-se além de todo o possível. Naquele momento, Medusa ingenuamente pensou e acreditou que aquilo seria a pior coisa que lhe aconteceria na vida. Ela não tinha ideia de como estava errada.

Mesmo naquele momento, para Medusa, pior do que a própria violação foi a violação do templo da deusa que amava. Aquele lugar de santuário agora estava profanado e desonrado. Ela pensou nas mulheres que a procuravam, em Cornélia, e se perguntou quantas vezes elas haviam sofrido esse destino nas mãos de seus maridos. Suas primas, sua tia, que morreram nas mãos de homens parecidos. Só que aquele não era um homem. Era um deus. A pressão dele contra seu corpo a recordava disso a cada batida do coração. O corpo escorregadio como óleo, o icor pulsando sob a pele dele. Suas lágrimas ardiam, o sal amargo entre seus lábios. A raiva tomou conta dela. Como ele ousava vir e tomar o que não lhe pertencia, ainda mais naquele lugar sagrado? Medusa decidiu que iria encará-lo e mostrar-lhe que ele poderia tomar sua carne, porém jamais teria domínio sobre seu espírito. Seus olhos se abriram. Foi então que ela os viu.

Tinham acabado de entrar no templo uma mãe, duas filhas e um bebê. Ao lado delas estava outra sacerdotisa. Estavam boquiabertas, de olhos arregalados. Medusa tentou gritar para elas e, naquele momento, percebeu que sua boca não estava mais tampada. Seus braços não estavam mais presos, mas estendidos ao lado do corpo, as pernas abertas. Poseidon havia sumido. Entorpecida demais para se mover, falar ou chorar, ela se deitou no mármore frio, com os olhos fixos na mãe e, enquanto a mulher apertava o bebê junto ao peito, nojo não disfarçado cobria seu rosto. O coração de Medusa caiu como uma estátua de pedra e se partiu em mil pedaços.

CAPÍTULO SETE

A família partiu conduzida para fora pela sacerdotisa. Elas disseram coisas, gritaram coisas, berraram coisas para ela enquanto saíam. Não que Medusa pudesse ouvir suas palavras. Sua mente estava enevoada, e seus braços, vermelhos e machucados com as marcas de dedos que ela tinha visto tantas vezes nas mulheres que a procuravam. A dor se espalhava por suas células. Dor em lugares que ela não sabia que podiam senti-la. Sua respiração estava trêmula, superficial, e por um breve momento ela pensou que talvez, se deixasse, pararia por completo. Se fechasse os olhos, seu coração desaceleraria e o ar a deixaria para nunca mais voltar. Mas o momento não durou. Preparando-se para a dor, rolou o corpo e ficou de joelhos.

Com a cabeça inclinada para as velas que derretiam, qualquer um que entrasse pensaria que ela estava rezando, da mesma forma que estivera longos minutos atrás, quando Poseidon entrou no templo. Mas voltar no tempo não era algo que qualquer deus ofereceria. Todas as suas palavras, todas as suas promessas, tudo o que ela podia esperar era que sua deusa a vingasse.

Depois de algum tempo, as lágrimas pararam e a dor voltou a latejar agudamente. *Será assim para sempre?*, ela se questionou. Um vazio que doía até os ossos.

– Diga-me que não é verdade. – Medusa se virou, uma dor aguda esfaqueou seu estômago. A deusa estava diante dela, com a adaga na mão. – Diga-me que o que eu ouvi são mentiras.

Os pulmões de Medusa arfaram, seus olhos se encheram de lágrimas no mesmo instante.

– Sinto muito, minha senhora, sinto muito.

Os olhos de Athena se arregalaram.

– Então é verdade? Permitiu que ele entrasse aqui. Em você?

Medusa empurrou-se para cima e pressionou a palma das mãos nas serpentes do manto de sua deusa.

– Permitir? Não, nunca.

Athena balançou a cabeça.

– Você foi vista Medusa. Você foi vista de olhos arregalados, de costas, gemendo de prazer, permitindo que ele entrasse em você.

Medusa balançou a cabeça em resposta. As palavras da deusa se confundiam em sua mente.

– Ele me forçou. Ele me enganou. Ele me disse que era casado.

O rosto de Athena se enrugou de desgosto.

– Você permitiria um homem casado entre suas pernas, no meu templo?

– Por favor, minha deusa…

– Macularia meu templo por causa de sua luxúria?

– Não! – Medusa chorou. – Por favor, a senhora não entende…

As palavras haviam escapado de sua boca. Ela arquejou com todo o ar que tinha, mas não conseguiu trazê-las de volta para dentro de si.

Athena deu um passo para trás, afastando as mãos de Medusa de si. Seus olhos estavam sombrios de raiva.

– Eu não entendo?

– Por favor, minha...

– Eu, uma deusa, a deusa da sabedoria, *não entendo* o que *você*, uma mortal, está dizendo? Entendo bastante, minha filha.

– Por favor, por favor... – Medusa rastejou no chão aos pés da deusa.

– Eu vi os olhares que os homens lançam para você e vi o charme com que você retribui.

– Não...

– Eu vi como suas palavras se demoram, e seu olhar é tão cheio de compaixão. – Ela perfurava o ar com cada palavra.

– Athena, minha...

– Como ousa usar meu nome. Depositei minha fé e confiança em você. Eu a acolhi quando seu pai queria protegê-la dos olhos lascivos dos homens, mas talvez fossem eles que precisassem de proteção contra seus modos devassos. E como me retribui? Macula meu templo, meu santuário, com sua luxúria.

– Eu jamais... eu não... – Sons ficavam presos e eram gaguejados em seus lábios, enquanto ela buscava as palavras que sabia em seu coração que eram verdadeiras. Ela se levantou. – Eu não queria o olhar dele – declarou ela. – Eu não quero o olhar de nenhum homem.

Um sorriso curvou os lábios de Athena, seus olhos cinza brilhantes e frios.

– Bem, veremos se sua palavra é verdadeira – respondeu ela.

*

A deusa desapareceu tão depressa quanto havia surgido, derrubando Medusa em uma explosão de luz. Sua cabeça bateu contra o pilar de mármore branco. *Este é o meu fim*, ela refletiu, enquanto uma dor ardente se espalhava por seu couro cabeludo, como mil agulhas minúsculas perfurando sua pele. *A despedida de Athena foi minha morte.*

Outra sacerdotisa se aproximou. Medusa viu sua sombra pairando por perto, mas não levantou a cabeça. Não queria ver a malevolência ou a pena nos olhos da mulher, assim como não queria que os outros vissem a vergonha nos dela.

– Deixe-a – alguém gritou. Um suspiro de alívio percorreu Medusa. Sua mente se voltou para os bosques de sua família. O quanto não daria para caminhar sob aquelas árvores uma última vez e passar a mão pelas folhas iridescentes das oliveiras. O que teria trocado para poder colher um figo maduro e sentir seu suco escorrendo pelo queixo. Fechando os olhos, Medusa pensou apenas nas figueiras e nos pomares, enquanto uma nova dor percorria seu corpo. *Isto deve ser a morte*, pensou ela, enquanto a sensação a percorria, subindo para até o topo de sua cabeça. Ruídos como fofocas sussurradas ou folhas farfalhando à brisa sibilavam em seus ouvidos. Seus olhos continuaram a arder de dor. A morte chegará em breve, disse a si mesma. A deusa teria, pelo menos, concedido a ela uma morte rápida. No entanto, a morte não veio. Minutos depois, uma consciência começou a retornar ao seu corpo. Ainda deitada, Medusa levou a mão aos cabelos. Algo afiado espetou seus dedos. Ela estremeceu e puxou a mão para trás.

– Não entendo – disse ela. Um filete de sangue escorreu de dois minúsculos pontos na ponta de seus dedos. Erguendo o corpo, notou o peso sobre seu couro cabeludo. Mais uma vez, levantou a mão e tocou a parte sensível do couro cabeludo e, mais uma vez, recuou quando a dor a atingiu. Duas picadas agudas acompanhadas de quatro gotas de sangue. Seu estômago embrulhou, revirando-se com um pavor desconhecido. Virando o pescoço, Medusa moveu os olhos, primeiro para a esquerda e para a direita e depois, finalmente, para cima. Os sons na sala se dissolveram em nada além de um mar de sibilos.

– Não, não pode ser. Não pode ser.

CAPÍTULO OITO

Medusa não teve escolha a não ser se deslocar na calada da noite, pois não havia como ela andar à luz do dia. Mesmo que tivesse se mantido nas sombras e caminhado apenas pelos bosques e florestas, não estaria escuro o suficiente para esconder a maldição que se abatera sobre ela. Raios de sol errantes com certeza iriam passar e traí-la, não importava o quão bem se escondesse. Atravessando arbustos e arvoredos, ela tropeçava, rezando para que a lua logo alcançasse sua face mais nova e desaparecesse do céu, pois mesmo com o brilho pálido e sutil, havia luz suficiente para ver a massa contorcida no topo de sua cabeça: uma coroa de serpentes adequada apenas para a Rainha dos Condenados. Estavam ligadas a ela como os dedos à mão ou ao pé, e ela não sabia quantas havia, pois ainda não as tinha contado. A cada quilômetro que avançava, ela se convencia de que logo sumiriam. Assim que Athena se acalmasse e percebesse o erro, vendo que a culpa não era de Medusa, as serpentes iriam embora.

A viagem que durara quatro dias com o pai levou três vezes mais tempo sozinha. Não havia ninguém a quem ela pudesse pedir ajuda quando se perdia. Nenhuma taverna na qual pudesse se esgueirar para verificar se a estrada que havia tomado a levaria à aldeia de seus pais. Quando as vozes ecoavam a distância, ela fugia, rastejando sob as raízes e entre os rochedos para se camuflar. Apertava as mãos nas serpentes, prendendo-as na cabeça em uma tentativa de interromper seus silvos furiosos, enquanto se esforçava para ouvir as palavras dos viajantes, esperando escutar o nome de alguma aldeia ou templo conhecido. Foi assim que escolheu sua rota; através da fofoca entreouvida de mercadores e comerciantes.

Foi na lua minguante que ela sentiu olhos a observá-la. Seis noites caminhando fizeram seus pés endurecerem e criarem bolhas, e embora nenhuma porção de comida ou água tivesse passado por seus lábios, não sentia fome. Apenas um desejo ardente de estar em casa, no conforto dos braços do pai. Aquela noite foi seca e silenciosa. Cigarras e ratos do campo corriam em torno de seus tornozelos. As terras agrícolas pelas quais espreitava tinham menos vegetação do que ela preferiria, com trigo novo que mal chegava à altura da cintura. Mas a rota agora era familiar. Várias árvores escarpadas e uma casa de fazenda desgastada despertaram lembranças de sua viagem com o pai. Não queria perder o caminho e se atrasar ainda mais por escolher uma rota mais protegida, então decidiu que, se alguém aparecesse, se deitaria no chão e esperaria que passassem. Estava procurando um lugar para descansar antes que o sol nascesse, quando um único som soou na noite. Medusa parou, fazendo com que suas serpentes ficassem em silêncio em apreensão.

Olhos amarelos reluziram no escuro, no alto, entre os galhos. Pupilas perfeitamente redondas brilhavam com um cinza cintilante. Apesar de saber de sua presença, Medusa nunca tinha visto a criatura ao lado da deusa, mas não havia como confundir. O chio. A coruja de Athena.

Com o peito latejando, os olhos de Medusa se fixaram na criatura, mas ela nem sequer piscou.

– Você sabe – chamou Medusa. — Você sabe o que ele fez comigo. Por que me faz sofrer deste jeito?

A coruja não respondeu. Inclinou a cabeça para o lado, depois endireitou-a outra vez. Medusa observou, com o coração ainda trêmulo, enquanto esperava que ela levantasse voo. Mesmo quando se aproximou e suas cobras começaram seu sibilo, alto e violento, a ave permaneceu imóvel. Uma escultura viva no galho.

– Por favor. Deixe-me servi-la fielmente como sempre fiz. Ou permita que eu morra. Não mereço pelo menos isso depois do que sofri? – O tempo parou enquanto ela ficou parada ali e, embora seus olhos não tivessem deixado a corujinha, suas perguntas permaneceram sem resposta. Aos poucos, a lua seguiu seu trajeto em direção ao horizonte. Apenas quando o céu começou a clarear e ainda não havia resposta, Medusa se virou e continuou sua jornada, sabendo que os olhos amarelos estariam sempre a observá-la.

Depois de doze dias se escondendo e doze noites caminhando, ela chegou aos limites da fazenda de sua família. A coruja continuou entrando e saindo de vista. Algumas noites, ela sobrevoava, projetando sua silhueta contra o branco da lua. Em outras, apenas ouvia seu chamado a distância, lembrando-lhe de coisas que jamais seria capaz de esquecer. A deusa havia escolhido seu caminho para ela. Agora, Medusa não tinha escolha a não ser percorrê-lo.

Quando a casa da fazenda finalmente surgiu no horizonte, as estrelas já haviam desaparecido do céu. A rotina de Medusa era encontrar abrigo assim que as estrelas começavam a esvanecer, mas naquela manhã, quando os primeiros raios de sol atingiram a terra, Medusa sabia que estava perto demais para parar. A recompensa, decidiu, superava o risco. O ar estava cheio de aromas familiares que ficavam mais fortes e potentes a cada passo. Refeições preparadas ao redor do fogo e o aroma de cipreste queimando a consumiam. O toque da mão de seu pai – marcada e calejada do solo – em sua bochecha; a cabeça de suas irmãs junto ao seu peito enquanto dormia. Fechando os olhos, todas as lembranças pareciam estar apenas a um fio de cabelo de distância.

– A parte mais longa está feita – declarou ela para o ar, embora ao ouvir as palavras em seus ouvidos soubesse que eram mentira.

Escondida por altos choupos e pequenas amendoeiras, sentiu o cansaço da viagem evaporar enquanto, do seu esconderijo, observava a casa da família.

Uma pequena figura saiu da residência. Carregando lençóis brancos, ela contornou a lateral da casa. Lágrimas desciam pelo rosto de Medusa, enquanto ela prendia a respiração.

– Euríale – sussurrou.

O cabelo da irmã tinha clareado durante os anos de separação, suas feições ficaram mais marcadas. Era uma indulgência, Medusa sabia, vir e vê-los desse jeito. A coisa mais bondosa seria alguém pesar seu vestido com pedras e rochas e deixar Poseidon reivindicá-la pela segunda vez. Mas o que sua família ficaria sabendo sobre ela nesse caso? Que se prostituiu com um deus e foi incapaz de suportar a vergonha? Ela não podia permitir que aquela ignomínia seguisse suas irmãs e pais pelo resto de seus dias. O que os outros pensavam dela, até mesmo Athena, pouco importava para Medusa agora, mas ela não podia deixar aquele mundo sem que sua família soubesse a verdade.

– Nono? – Uma voz chamou da casa um momento antes de uma mulher aparecer.

Medusa semicerrou os olhos à luz da manhã. Era sua mãe?

Ela tinha as mesmas curvas suaves e inclinação delicada nos ombros. Contudo, seu rosto, marcado com menos rugas, irradiava juventude. Uma respiração rasa ficou presa na garganta de Medusa quando ela entendeu seu erro. Não era Euríale que havia saído da casa, os braços carregados com lençóis, mas Esteno. A tristeza e a descrença fluíram através dela. Haviam se passado tantos anos assim? Sua irmãzinha agora era uma jovem mulher. Por que isso era tão surpreendente? Afinal, ela mesma havia mudado. Uma risada áspera fluiu de seus lábios para o ar. Ah, como havia mudado agora. Engolindo a amargura e pisando de leve nas folhas secas que cobriam a terra sob seus pés, Medusa seguiu a linha das árvores, certificando-se de permanecer escondida das irmãs.

A cada lençol pendurado no varal, Medusa sentia a dor ardente da separação crescendo mais forte dentro de si. Logo, a cesta estaria vazia e Esteno entraria. O calor do sol as manteria dentro de casa na sombra fresca, e ela estaria sozinha novamente. Deveria dormir, lembrou a si mesma. Descansar para enfrentar a tarefa que a aguardava. No entanto, sabia em seu coração que não o faria.

Quando as irmãs terminaram suas tarefas e se recolheram para a casa, Medusa manteve vigília, incapaz de fechar os olhos. Cada visão, cada cheiro; queria se lembrar de todos eles, desde a forma como a luz refletia na terra até a sensação da mesma terra empoeirada entre a ponta dos dedos.

À medida que o calor da manhã dava lugar à tarde mais fresca, Medusa pensou em se encolher à sombra da árvore e desfrutar de um pouco do sono do qual tanto precisava, quando o tecido da porta se ergueu para fora. Não havia como confundir aquela figura.

– Pai – sussurrou ela.

Thales havia envelhecido. Possivelmente mais do que Esteno e Euríale juntas. Havia um peso em seus ombros que ela não conhecera antes ou pelo menos não havia notado. Talvez pela cegueira de sua juventude.

Enquanto seu coração disparava, o silvo animado de suas serpentes crescia selvagem em torno de sua coroa. Ela ainda não sabia o que a fala delas significava, ou se significava alguma coisa. A princípio, cada silvo tinha parecido o mesmo para ela – raivoso, vingativo, maligno – e, no entanto, com o passar dos dias, ela começou a ouvir as sutilezas nele. A entonação. As elevações e reduções. Ainda precisava descobrir se tinha algum controle sobre elas. Mesmo assim, tentou.

– Silêncio – ordenou. Uma ou duas caíram, achatadas em sua bochecha. Um dente afiado atingiu sua pele. Um acidente? Ela não sabia dizer e, por enquanto, não se importava. Silenciosa, observou o pai trabalhar de um lado para o outro. Ela permaneceu o dia todo ali, paralisada, até que as estrelas tomaram conta do céu e as lamparinas lançaram seu brilho laranja através das janelas da casa. Seria fácil passar a noite escondida do lado de fora, considerou. Então, voltar pela manhã e observá-los novamente. Poderia encontrar abrigo em um dos currais de animais. Não seria difícil. Inspirando com força, afastou a ideia. Quantas vezes havia falado com as mulheres sobre coragem? Coragem para falar. Coragem para procurar ajuda. Se não fosse capaz de seguir o próprio conselho agora, quando mais precisava, então nunca tinha merecido seu lugar no templo como acreditava. Preparando-se para o que estava por vir, Medusa pegou seu xale e enrolou-o duas vezes em volta da cabeça, amarrando as cobras o mais próximo possível de seu couro cabeludo, enquanto elas lutavam sob seus dedos. Ela pagaria por isso mais tarde, sem dúvida, mas não importava. Não mais. Depois daquela noite, ela tinha apenas um sono sem fim planejado.

Com as cobras amarradas, silenciosa como a noite, Medusa se esgueirou pelo chão seco em direção à casa. Com a mão trêmula enquanto afastava a cortina que cobria a porta, disse:

– Pai, mãe, voltei para casa.

CAPÍTULO NOVE

— Não abra mais — Medusa disse quando uma fresta de luz não mais espessa do que seu polegar escapou na escuridão.
— Quem está aí? — Era a voz de seu pai.
— Sou eu, Medusa.
— Medusa? — Mais uma vez, ele fez menção de abrir a porta, porém ela a agarrou e segurou com firmeza no lugar.
— Não abra a porta — pediu. — E deve apagar a luz.
— Medusa?
— Por favor. Faça como estou pedindo. Apague a luz. Então vou entrar. Por favor.
Um momento de hesitação pairou no ar.
— Vou cuidar disso agora — declarou ele.
Os passos de Thales recuaram e a luz da lamparina se apagou. A adrenalina inundou as veias dela. A decisão de ir até ali foi egoísta, sabia disso, mas não havia como voltar atrás. Reprimindo os medos, Medusa abriu a porta.

– Criança. – A voz de Aretáfila estava fraca e confusa. – É realmente você? – a mãe disse e deu um passo em sua direção. Medusa balançou a cabeça.

– Por favor, fique onde está. A senhora precisa ficar onde está.

– Mas mal podemos ver você, criança. Não consigo ver seu rosto no escuro.

Medusa assentiu, embora, na escuridão, ninguém pudesse ver. A dor surgiu entre suas costelas, um desejo que reprimira por tantos anos. A necessidade do abraço da mãe. Ela permaneceu imóvel como se fosse esculpida em pedra.

– Por que vem até nós coberta dessa maneira? Por favor, deixe-me ver você. Já se passaram tantos anos. Deixe-me colocar os olhos em minha linda filha. Minha linda, linda Medusa. – As palavras de Aretáfila se tornaram um soluço quando ela se moveu em direção à filha, mas encontrou seu caminho bloqueado pelo braço do marido, enquanto ele a segurava.

– Medusa. – A voz de Thales estremeceu. – Qual é o problema? Por que você voltou para nós?

No silêncio, ela podia ouvir o silvo das cobras, irritadas por seu confinamento. Perguntou-se se seus pais também podiam ouvir. Nunca esteve perto o suficiente de outra pessoa para que elas atacassem alguém, mas não confiava nas criaturas. Não eram parte dela, não importava o que aparentassem.

– Preciso contar para vocês. – Medusa manteve seu tom o mais firme que pôde. – Preciso contar para vocês dois o que aconteceu. Devem se sentar longe de mim. Então poderão acender uma vela.

Thales moveu-se habilmente na escuridão e, logo, um leve brilho começou a iluminar o quarto e o rosto dos pais de Medusa. Apesar do desejo desesperado de olhar para eles adequadamente, Medusa manteve o olhar fixo no chão.

– Assim está bom – disse Medusa conforme o quarto foi ficando mais iluminado.

À luz fraca no topo de seu campo de visão, Medusa podia ver as mãos de seus pais. Thales agarrou as da esposa.

Thales gentilmente guiou Aretáfila para o fundo da sala, embora ele próprio não fizesse nenhum movimento para segui-la.

– Pai – Medusa falou com anseio. – Por favor.

*

Pouco a pouco, momento a momento, palavra por palavra, Medusa contou para eles. Não escondeu nada, pois não devia nada à deusa. Nem às outras sacerdotisas, nenhuma das quais apareceu para defender sua honra em sua hora de necessidade. Ela contou a eles sobre seu encontro com Poseidon. Dos encontros anteriores, quando ele se aproximara dela disfarçado. Da noite no templo. Manteve o olhar abaixado enquanto falava, revelando-lhes o desprezo de Athena quando ela derrubou Medusa e a deixou sangrando no chão de mármore. Ao fim da história, o choro da mãe ficou tão alto que acordou as meninas que dormiam além da cortina.

– Mamãe? Papai? Quem está aqui?

– Voltem a dormir! – Thales falou, ríspido, com as filhas. — Sua mãe e eu precisamos que durmam.

– Estou ouvindo Medusa. É Medusa?

– Sua irmã está com a deusa – Aretáfila respondeu.

– Mas...

– Durmam. Agora!

Os pais esperaram juntos em silêncio, até que nenhum sussurro pudesse ser ouvido no outro aposento. Se Esteno e Euríale estavam dormindo, era impossível dizer.

– Minha filha. – As lágrimas sufocaram o velho. – Eu falhei com você. Coloquei você lá para protegê-la.

– Não é culpa sua, pai.

– É tudo minha culpa. – Ele colocou a cabeça entre as mãos antes de estender os braços para ela. – Talvez seja uma bênção. O golpe que ela lhe deu não pode tê-la ferido tanto, pois você encontrou o caminho até nós. Você encontrou o caminho de volta para nós.

Medusa permaneceu calada.

– Não é sua culpa, pai – declarou ela mais uma vez. – E não é culpa minha. É culpa dos deuses.

Aretáfila balançou o punho no ar.

– Eles brincam de ser deuses apenas quando desejam. O despeito, a vingança deles, eles são mais grotescos do que qualquer mortal jamais poderia ser. Eu mesma irei ao templo. Exigirei uma audiência com aquela deusa miserável e a insultarei diante do mundo inteiro.

– E então ela provavelmente amaldiçoaria a nós duas, mãe. E não vou dar a ela essa satisfação. Como o pai disse, não estou morta. Encontrei meu caminho de volta para vocês. Talvez isso desapareça com o tempo.

Thales levantou-se de seu assento.

– Qualquer que seja a maldição que foi lançada sobre você, podemos resistir a isso, minha filha. Pode ficar aqui conosco. Estará segura aqui. A deusa não vai machucá-la em nossa casa.

– Receio que esteja errado. – Medusa sabia que deveria partir naquele momento. Tinha contado sua história. Eles ouviram. Se fosse embora agora, eles se lembrariam apenas disso. Mas o calor das palavras de seu pai a aquecia. Inundava-a de esperança. E se suas palavras fossem verdadeiras? E se ela pudesse viver o resto de seus dias com a família ao seu lado, não deveria pelo menos tentar?

Ela colocou a mão no lenço em volta da cabeça, os cachos se retorciam sob seus dedos.

– Deve se afastar um pouco mais – recomendou. – E tente não fazer barulho. Não quero assustá-las.

Medusa sabia que os pais estariam se entreolhando, com cautela e confusão nos olhos. Eles deviam pensar que tinha enlouquecido, ela percebeu, e riu com tristeza para si mesma. Como teria sido mais fácil a loucura. Uma filha louca, mantida em casa, liberada apenas para recolher os ovos das galinhas ou para afugentar os ratos do galinheiro. Muito mais fácil.

O sibilar aumentou, enquanto ela trabalhava na nuca. Ela as havia prendido bem e sem dúvida seria retribuída com malícia.

Seus olhos estavam fechados, enquanto sua pele aguentava as picadas das presas através da seda.

– Antes de lhes mostrar isso, por favor, lembrem-se de que ainda sou eu.

A pequena vela parecia queimar mais forte do que nunca.

Uma pulsação avassaladora tomou conta de seu corpo. As serpentes ficavam mais inquietas a cada respiração, e o nervosismo delas se infiltrava no seu, aumentando-o ainda mais. Ela queria esperar, esperar até que as batidas de seu coração desacelerassem e o medo diminuísse, mas para isso nem mesmo uma eternidade seria longa o bastante.

– Sou eu – disse ela, ainda com a cabeça baixa e os olhos fixos no chão. – Lembrem-se de que ainda sou sua garotinha.

Com um movimento do braço, puxou o xale da cabeça.

– Deuses dos céus! – Aretáfila exclamou ao cair nos braços do marido. – Como pode ser? – A elevação de sua voz agitou as serpentes, que sibilaram e cuspiram, uma massa retorcida de escamas e línguas dardejantes.

CAPÍTULO DEZ

Medusa permaneceu imóvel com a cabeça baixa, as mãos trêmulas agarravam os farrapos puídos de seu vestido. Lágrimas pesadas escorriam até seus pés, enquanto as serpentes se remexiam em seu escalpo, repuxando a pele.

– Entendem, esta é a maldição. Foi isto que ela fez comigo.

Aretáfila deu um passo para trás, balançando a cabeça. O medo evidente em sua respiração.

– Você deve tê-la provocado. Deve ter enganado o homem. Você deve ter...

Medusa deu um salto para a frente.

– Não. Mãe, não. Juro que não fiz nada. Tudo aconteceu como eu lhes contei. – A mãe estremeceu de medo, fazendo Medusa congelar no local. – Por favor, juro pela sua vida. Pela de Esteno e Euríale...

– Para a deusa amaldiçoá-la assim. Não é possível. Não, a menos que...

– Por favor... – Sua voz era a de uma criança implorando para que os pais acreditassem. – Eu não fiz nada. Precisa acreditar em mim.

– Horren...

– Aretáfila! – A voz de Thales estremeceu o ar. Seus punhos estavam cerrados, o osso branco do nó dos dedos brilhava através da pele de papiro. – Nossa filha veio até nós. Ela confiou em nós.

– Não, ela está nos enganando. Deve entender, nenhum deus lançaria tal retaliação sem motivo.

A aspereza e a recriminação na voz da mãe eram mais afiadas e mordazes do que as serpentes jamais poderiam ser. Mas Medusa não a culpou. Quando confrontado com um monstro, quem já olhou para ver além das presas e garras?

– Compreendem – disse Medusa enquanto fechava os olhos com força, o medo de ver a decepção no rosto de seus pais era maior do que podia suportar. – É a pior das maldições que já aconteceu. Em toda a história dos deuses, já viram algo assim?

– Medusa...

– Pai, não sou mais uma mulher. Eu sou uma fera. Um monstro horrível.

Por entre olhos fechados, mais lágrimas escaparam. Ela não se preocupou em enxugá-las. Lágrimas eram de pouca importância para alguém cuja eternidade havia sido estraçalhada. As palavras acabaram. Não havia mais nada a dizer. No silêncio forçado, Medusa esperou, embora não soubesse pelo quê. Talvez o espetar de um forcado quando seus pais a forçassem a sair para a escuridão. Talvez, ainda mais afiada, uma faca no coração ou na garganta. O pai havia matado ovelhas e cabras. Ele saberia como fazer isso com rapidez. Tão indolor quanto possível, se lhe concedessem essa pequena misericórdia. Os gemidos da mãe encheram o ar. Seria esse o último som que ela ouviria? O que não daria pelo som do canto suave de sua mãe. Cantando ou rindo. Ela esperou pelo trovão, pelos gritos e pela dor. Em vez disso, o que veio foi suavidade.

– Você foi amaldiçoada – disse Thales. – Mas não é a perdição.

Ele avançou. Pegou a vela na mesa e se aproximou da filha. À luz vacilante, as serpentes se ergueram para sibilar e exibir as presas. Se Thales notou a agressividade delas, não demonstrou. Ele se colocou ao lado da filha e repousou a palma da mão em sua bochecha. As cobras gemeram, baixinho e profundamente, de raiva ou de prazer, Medusa não sabia dizer, pois ao mesmo tempo que não atacavam, não recuavam.

– Você foi amaldiçoada – continuou ele. – Não há como negar que essa maldição é... terrível. Você entregou sua vida ao templo e aquelas em quem confiava a abandonaram quando mais precisou delas. Mas vou deixar bem claro para você, pois é verdade. Enquanto você foi amaldiçoada por sua deusa, eu fui abençoado, pois você retornou.

Medusa bufou.

– Voltei para o senhor assim, como um monstro.

– Quando uma filha minha aprendeu a julgar as pessoas pela cor do cabelo? – Thales brincou. – Achei que a eduquei melhor do que isso. – A risada que ele deu parou quase antes de começar, embora um pequeno vislumbre de esperança faiscasse no coração de Medusa. – Athena é sábia, Medusa – continuou Thales. – Ela vai perceber o erro que cometeu. Confie em mim, minha filha. Não será para sempre. Quando chegar a hora, ela a restaurará à sua antiga forma.

– Mas se estiver errado...

– Não estou.

– Mas se estiver...

– Vou falar a verdade, meu amor. Eu apostaria minha vida. Você serviu à deusa com nada além de amor. Ela vai perceber o erro. Ela vai corrigir isso.

As lágrimas de Medusa caíram em gotas pesadas, formando círculos escuros na terra. Sua respiração trêmula, um ritmo constante, que mascarava o som de suas serpentes.

– Você está em casa, minha filha. Está em casa e nós estaremos com você. – Segurando-lhe o queixo com as mãos, ele ergueu sua cabeça. Seus olhos, vidrados de lágrimas, piscaram até que clarearam e encontraram perfeitamente com os de seu pai.

CAPÍTULO ONZE

O sorriso nos lábios dele endureceu e congelou ali, tão familiar e reconfortante que Medusa não teve escolha a não ser retribuí-lo. Pequena, mas segura, sua própria boca se curvou para cima em um reflexo da de seu pai, enquanto esperava por mais palavras de consolo. Um segundo se passou e depois outro, mas nenhuma veio.

A princípio cheios de esperança e otimismo, os olhos de Thales aos poucos perderam o brilho de esperança, enquanto sua mão, apoiada na bochecha de Medusa, ficou fria. Primeiro os dedos, depois descendo pela palma e o pulso. Medusa não falou, pois não conseguia entender o que estava vendo.

Foi Aretáfila quem quebrou o silêncio com seu grito.

– O que você fez? O que é que você fez? – Ela se aproximou do marido, apenas para recuar diante do assobio das serpentes, sua pele estava tão pálida quanto cera derretida. – O que você fez? – repetiu.

Medusa observava, seus olhos ainda fixos no pai, sua voz transformada em um sussurro.

– Eu não... eu não... Pai! Ah, pai! – Ela o envolveu nos braços, apenas para encontrar seu corpo frio e duro. Pedra.

– Pai, não!

A dor deu lugar a lágrimas mais acres do que qualquer mortal poderia suportar. Elas queimaram sua pele, cegando-a sem parar.

– Pai, por favor! – Ela passou as mãos pelo corpo dele. Seu manto, seu peito. Até as sandálias. Pedra, pedra e mais pedra. Nenhuma batida do coração ou respiração trêmula. Não havia pulsação, nem vida em seus olhos.

– Você nos amaldiçoou. – Aretáfila estava com a vela na mão. Ela a segurou, apontando-a como uma arma. – Você amaldiçoou a todos nós. Você é um monstro. – O sangue pareceu abandonar a cabeça e o corpo de Medusa. – Você veio até nossa casa e trouxe isso para todos nós. Você não é minha filha. Claramente é uma cria de Ceto.

– Mãe, por favor. Sou eu, Medusa.

– Monstro!

– Não, por favor. Eu não queria fazer isso. Eu não sabia disso. Eu não pedi isto.

No início do dia, ela teria pensado que era impossível que seu coração pudesse se partir ainda mais. Mas isso, a morte de seu pai com o próprio olhar, a rejeição da mãe, era mais do que qualquer mortal deveria suportar. Uma dor que foi se despedaçando até sua alma.

– Você tem que ir embora agora.

– Mãe, por favor...

Sem pensar, Medusa ergueu a cabeça para Aretáfila. Ela queria falar. Suplicar. Chorar. Precisava do conforto da compreensão da mãe. Certamente ela entenderia. Medusa não teria desejado isso para qualquer pessoa viva, muito menos para seu amado pai, a única alma sob o sol que amava ainda mais do que a própria deusa. Qualquer pessoa que a conhecesse saberia disso.

– Por favor, mãe, tem que acreditar em mim… tem que… a senhora… mãe… mãe?

Ela compreendeu seu erro dessa vez, no instante em que aconteceu. Seus olhos encontraram os da mãe. Mesmo a densa camada de lágrimas não era capaz de oferecer proteção. Antes que Medusa pudesse gritar, sua mãe também foi transformada em pedra.

– Não! – Seus joelhos bateram contra a terra quando ela desabou no chão. – Não. Mãe! Mãe! – Cada célula de seu corpo ardia e gritava. Os guinchos de suas serpentes, crus e rançosos, preenchiam o ar ao seu redor. Esse foi o fim para ela, pois não havia mais nada que ela conseguisse suportar.

Um único som cortou a noite, fazendo com que as cobras se encolhessem junto ao seu crânio. Soou novamente. O pio estridente e agudo de uma coruja noturna.

Um calafrio se espalhou em ondas pela pele nua de Medusa. Atena estava ali, percebeu Medusa. Ela esteve ali o tempo todo. Assistindo. Ouvindo. Medusa engoliu as lágrimas que sufocavam sua respiração. Não havia luta que pudesse vencer, não contra a deusa. No entanto, o que lhe restava senão sua vontade de lutar? Afastando-se da mãe, enxugou as lágrimas do rosto e ergueu o queixo para o céu.

– É isso que a senhora desejava? – bradou ela para o céu. – É assim que me pune? Essas mortes são culpa sua, não minha. – Esperou pela resposta. Mas não veio nenhuma.. Se era assim que a deusa queria jogar, que assim fosse, pensou Medusa. Estava farta de jogos. – Estas são as últimas vidas que tirará em meu nome – sussurrou para o ar.

Do outro lado da sala, uma faca brilhou. Usada para animais e carne, a lâmina pesada era afiada, mas envelhecida, uma crosta vermelha de sangue seco marcava no punho. A maldição terminaria agora, Medusa disse a si mesma. Não haveria mais morte em suas mãos. O martelar de seu sangue fornecia um tambor de batalha quando ela atravessou a sala e a alcançou. As serpentes sibilaram, furiosas e alto, golpeando seu pulso e dedos repetidas vezes, enquanto ela tomava o objeto nas mãos. Sabiam o que ela planejava fazer, mas o instinto delas era sobreviver, não sucumbir.

Com as duas mãos em volta da empunhadura, ela ergueu a lâmina. *Um último sacrifício para a deusa*, pensou consigo mesma. Um golpe descendente. Um único mergulho em seu estômago. Era tudo o que seria necessário. Então o mundo estaria livre de sua maldição.

– Irmã? – A mente de Medusa retornou no mesmo instante para o quarto. A lâmina brilhou centímetros acima de sua pele. Mais uma vez, a voz veio. – Irmã, o que aconteceu? Por favor, diga-nos o que aconteceu. Nossos pais, por que não falam? Medusa, fale conosco. Sabemos que é você.

A cortina oscilou, tremulando com a pressão da mão atrás dela.

– Fiquem aí! – Medusa gritou. Na pressa de se virar, deixou cair a lâmina no chão. – Fiquem ai! – clamou novamente para as irmãs. – Não devem sair. Não saiam!

Os soluços, tão jovens e infantis, flutuaram através da cortina e causaram um ardor por trás dos olhos de Medusa. Incapaz de se conter, ela se aproximou, ignorando a lâmina caída, enquanto se movia em direção às suas irmãs. Com a respiração trêmula, ergueu a mão e pressionou a palma no tecido.

– Por favor, perdoem-me. Sinto muito. Sinto muito – sussurrou.

– Medusa?

Através do tecido, outra mão encontrou a dela. Calor. O calor humano espalhou-se pelas fibras ásperas, aquecendo seu braço e costelas.

– Euríale?

O silêncio se seguiu, pois não havia necessidade de uma resposta.

– Papai, mamãe – Euríale falou. – Eles estão aí? O que aconteceu?

O peito de Medusa ficou apertado e ela se esforçou para respirar. *O que aconteceu?* A pergunta martelava em sua cabeça. O que tinha acontecido? Nada sob seu controle. Nada que ela pudesse desfazer e mudar. Milhares de ondulações minúsculas se formaram no mar de sua vida e se tornaram uma grande onda, que se chocou contra sua costa, dizimando tudo o que ela conhecia e amava.

– Sinto muito – disse ela. – Fui amaldiçoada, e esta maldição os matou. Eu os matei.

Um grito abafado atingiu seus ouvidos. Até as cigarras do lado de fora diminuíram seu coro, mergulhando-a ainda mais na escuridão. Com um endurecimento forçado de seu coração, ela afastou a mão, soltando-a da de Euríale. Deixar as irmãs assim, órfãs e sozinhas, seria monstruoso. Ainda assim, preferia que se lembrassem dela como o monstro que matou seus pais e as abandonou a amaldiçoar as duas também.

– Preciso ir – sussurrou ela.

– Não! – A mão agarrou seu pulso através da cortina, a força e a ação pegaram Medusa de surpresa. As serpentes se contorceram em resposta.

– Sinto muito – Medusa falou novamente, tentando arrancar a mão do aperto da irmã. – Sinto muito. Vou mandar buscar nosso tio. Ele cuidará de vocês.

O calor da noite aumentou ao seu redor. Com o aperto da irmã ainda firme, suas próprias mãos tremiam, enquanto ela puxava os dedos finos de seu pulso, um por um.

– Sinto muito. Sinto muito – repetia, enquanto dedos curtos e afiados se cravavam em seus ossos.

O choro de Esteno tornou-se mais audível. Respirações entrecortadas ofegavam e sibilavam, raspando o ar como unhas na pedra. Cada soluço era outra adaga na alma de Medusa.

– Por favor. Tenho que ir. Tenho que ir. Vocês não estão seguras aqui comigo.

Finalmente se libertando do aperto de Euríale, os olhos de Medusa voltaram para a lâmina. Esticando-se até o chão, ela a levantou mais uma vez.

– O que quer que tenha acontecido, não foi sua culpa. Eu ouvi o que você contou para nossa mãe e nosso pai – Euríale falou devagar, com clareza. Ponderada. – Eu ouvi cada palavra. Não é culpa sua. É obra de Athena. Ela deveria ter lhe oferecido santuário. Defendido sua honra. Rezo para que ela seja amaldiçoada por toda a eternidade pelo que fez a esta família.

– Não. – Medusa largou a faca, que se cravou na terra e ficou ereta a seus pés. – Por favor, Euríale…

– Ela deveria ter protegido você. Esse era o trabalho dela. Foi por isso que papai mandou você para lá.

A voz dela estava cheia de malícia agora. A mesma raiva ardente que a própria Medusa havia sentido. Ela entendia. Mas não podia permitir isso. Sua mente zumbia e titubeava, o mundo girava sob seus pés. Ainda assim, Euríale continuou sua fala furiosa.

– Você foi até ela em busca de proteção. Serviu no templo dela e rezou no altar dela e, agora, ela roubou toda a nossa família…

– Por favor. – Medusa estava ajoelhada, com olhos fechados, lutando através da cortina para segurar a irmã. Pescando às cegas ao redor, prendeu os tornozelos dela. – A deusa vai ouvi-la. Ela vai ouvir o que você está dizendo.

– Ótimo. Quero que ela ouça. Quero que ela ouça o que nos causou. Ela merece ver a dor que seu egoísmo infligiu. Que mal, injustificado…

O grito que interrompeu o discurso de Euríale foi mais agudo do que qualquer outro que Medusa já ouvira. Cortou a noite e fez com que os pássaros nos ninhos saíssem voando, batendo as asas pelo céu.

– Esteno! – Medusa gritou. Incapaz de pensar, Medusa abriu a cortina. Sua irmãzinha estava deitada, se contorcendo no chão, agarrando o couro cabeludo enquanto chorava. Um momento depois, Euríale também estava deitada, gritando no chão.

– Não, por favor, não!

Era tarde demais. A deusa, como Medusa havia aprendido, estava sempre à escuta.

PARTE II

PART II

CAPÍTULO DOZE

Os anos se passaram devagar. Mais devagar, talvez, devido ao fardo da companhia; agora irmãs apenas no nome. Aqueles primeiros meses foram os mais traiçoeiros. Fugindo do continente, escondidas sob mantos e envoltas pela escuridão, roubando o que era necessário, abandonando o que não era. Houve morte, tanto acidental quanto necessária. Um capitão, naquele primeiro dia, tantos anos atrás, que lhes recusou passagem em seu navio; Medusa não havia considerado nenhuma outra opção. Ela apenas ergueu o olhar para o capitão e informou a um oficial atrás dele que, agora, ele era o capitão.

Mais tarde, no mesmo navio, um jovem embriagado, imaginando a chance de um encontro noturno, entrou aos tropeços na cabine errada. Medusa havia se colocado na linha de frente mais uma vez. Melhor que a contagem de vidas perdidas para ela aumentasse do que arriscar o que restava da humanidade de suas irmãs. Afinal, nada poderia sobrecarregá-la mais do que a morte de seus pais.

Nos primeiros meses, embarcando em um navio atrás do outro, Esteno permaneceu envolta sobretudo pelo silêncio. O único som que ela emitia era seu choro suave, que ficava mais alto à noite e diminuía quando o sol começava a ascender. O corpo da irmã mais nova mudou além da simples adição de cobras. Sua coluna começou a se curvar, as omoplatas se esticaram em ângulos bizarros, causando dor quando ela se movia e andava. Medusa ficou ao seu lado a cada momento da jornada, oferecendo palavras de escasso consolo, enquanto Euríale continuava lançando ataques amargos ao céu.

– Ela vai pagar. Ela vai pagar por isto – murmurava o tempo inteiro durante a noite, uma canção de ninar mordaz para aquelas com quem ela dormia. As mesmas desfigurações de Euríole afligiram Esteno; sua coluna se curvou, como se um imenso peso extra estivesse pressionando suas costas, embora ela não mostrasse nenhuma evidência de sua dor. Não externamente. Era mais uma coisa para lançar contra a deusa, em raiva.

– Ela vai pagar pelo que fez conosco. Vou cuidar disso, de uma forma ou de outra. Vou fazê-la pagar por tudo o que fez.

Certa noite, quando Esteno estava com febre, a ira de Euríale borbulhou na tempestade.

– Encontrarei uma maneira. Eu mesma escalarei o Olimpo e colocarei uma adaga em sua garganta. Está ouvindo isto, deusa? Que irei atrás de você?

– Não deve enfurecê-la ainda mais – Medusa implorou. As ondas batiam contra o casco, enquanto o navio era sacudido de um lado para o outro. Ela segurou um pano encharcado na pele de Esteno, na tentativa de diminuir a ardência.

– Por quê? O que mais ela pode fazer contra nós? – Euríale ergueu a cabeça e as mãos para o céu. – Quer nos matar? Onde você está agora, ó, Poderosa? Termine o que começou, ou lançarei sobre você um destino pior do que seu amado titã, Prometeu.

– Pare com sua provocação, Euríale. – As ondas ficaram mais fortes, quebrando cada vez mais violentas, e gotas de água penetraram entre tábuas, pingando no chão. – Pare com isso. Vão ouvir você.

– Quero que me ouçam. Quero que vejam o que a preciosa deusa deles fez.

– Pare com isso! – Medusa acertou a irmã com a mão espalmada.

A ardência se espalhou por seu braço. A boca de Euríale se abriu, apenas para voltar a se fechar em um sorriso de escárnio.

– Mesmo agora, ficaria do lado dela? Mesmo depois de tudo?

– Estou do seu lado, Euríale. Estou tentando protegê-la.

Euríale bufou em resposta, mas seu discurso, pelo menos no momento, havia parado. Seria melhor quando estivessem longe das pessoas, Medusa disse a si mesma. Seria melhor quando não precisassem mais se esconder nas sombras, ouvindo sons de risadas e alegria no convés – algo que nenhuma delas jamais conheceria. Seria melhor quando estivessem longe do tipo de vida da qual nunca mais poderiam fazer parte. E por um tempo, foi.

O capitão do último barco recusou-se a ir além de Cithene e, em vez disso, ofereceu – por um preço – o uso de um barquinho a remo. Elas partiram à noite, Medusa usou uma força recém-descoberta para remar em direção ao sol poente. Por três noites e três dias inteiros, ela remou, sem nunca se cansar, sem nunca se enfraquecer, até que, na escuridão, Medusa distinguiu a silhueta de uma ilha, sobre a qual não conseguia ver uma única luz bruxuleante.

– Aqui. Faremos nossa casa aqui – declarou.

– Não há nada aqui – respondeu Euríale.

– Não, isso é suficiente. – Medusa mergulhou os pés na água e começou a arrastar o barco para a margem, o casco raspou nas pedras do baixio. – Há abrigo. Há algumas árvores e, escute, isso é barulho de cabras?

Até Esteno parou de choramingar e inclinou a cabeça em direção à ilha, captando o som na brisa.

– Há cabras – confirmou ela, e, pela primeira vez, o menor vislumbre de esperança abriu caminho em seus pensamentos.

– Certamente cabras indicam pessoas? – A mente de Euríale chegou à mesma conclusão de Medusa, mas ela já havia visto além disso.

– Não. Acho que não. Creio que não há homens aqui já há algum tempo.

Curvando-se, ela pegou um punhado de pedras e conchas da praia. Assim como sua visão e audição, seu olfato havia se tornado mais aguçado a cada dia que passava. O cheiro nas conchas era apenas de terra, sal e algas marinhas, peixe e água fresca da chuva. E de algo reconfortante. Segurança contra o mundo.

– Acho que estaremos seguras aqui – disse ela.

*

Durante o primeiro mês na ilha, estabeleceu-se um ritmo. Euríale continuou com seu discurso noturno contra a deusa, enquanto Esteno começou a soltar uma palavra de vez em quando, às vezes de felicidade, outras de tristeza. Ela passava a maior parte do tempo em um dos penhascos distantes, observando as cabras, chamando-as com seus barulhos infantis. Era uma caricatura; aquela fera de cabelos de serpente, que mal conseguia ficar ereta, encurvada como uma velha megera, chamando as cabras com as palavras de uma criança. Ela passava horas e horas dessa maneira, embora as serpentes garantissem que nunca chegasse perto o bastante para domar os animais. E Medusa, naquele escasso santuário rochoso, assumiu seu manto, os costumes das sacerdotisas ainda estavam profundamente enraizados nela.

Sob o luar, ela contava as histórias do templo para as irmãs; das pessoas, e dos deuses, e das confusões que causavam. As irmãs ouviam, de olhos arregalados, as serpentes quietas. Só nesses momentos, enquanto a luz do fogo dançava em seus olhos, era possível vê-las como uma família de pobres órfãs como tantas outras. Uma família que apreciava a companhia e o tempo umas das outras. Esteno repousava a cabeça muitas vezes no colo de Euríale, mas algumas vezes nos ombros de Medusa. Esses eram os momentos em que Medusa tinha um vislumbre de esperança. Um lampejo do que poderia ser. As cabras iam se acostumar a elas, dizia para si mesma e talvez, quando a primavera chegasse, pegariam um cabrito da mãe e o criariam para que conhecesse a bondade da mão de Esteno. Então, teriam leite, e fariam queijo, e passariam seus dias como qualquer outra mulher faria em uma ilha como a delas.

De vez em quando, durante suas histórias, as irmãs faziam perguntas sobre o tempo antes do templo, quando eram pequenas. Perguntavam a Medusa o que ela se lembrava delas como recém-nascidas, como crianças; comidas favoritas, situações divertidas das quais conseguia se lembrar. Esses eram os momentos pelos quais Medusa mais ansiava; uma chance de reconstruir a conexão que esteve ausente por tanto tempo.

– Vocês devem ter histórias que podem me contar também – dizia ela, depois de terminar uma história sobre como Euríale se empanturrou de romãs até passar mal. – Que tal sobre a colheita? Ou as festas dos deuses? Vocês não têm histórias daquela época que possam me contar? – Como sempre, esperou, com o coração na mão, desejando um vislumbre daqueles anos que perdera com os pais. Mas as irmãs permaneciam caladas. O silêncio aumentaria e se alargaria, até que a confortável tranquilidade entre elas se perdesse. Na tensão, as serpentes começavam a se mexer e se contorcer, atacando umas às outras. Nessas horas, Medusa sabia muito bem que não importava quantas palavras

Euríale cuspisse para o céu, não era Athena quem ela culpava por sua transformação. Foi Medusa quem selou seu destino.

Semanas e meses se transformaram em anos, que passaram com o mesmo fluxo e refluxo da maré, o mesmo crescer e minguar da lua. Novas folhas brotavam verdes na primavera e caíam secas e marrons na terra quando o outono chegava. Elas fizeram fogueiras, mais por hábito do que por necessidade, pois nenhuma delas se sentia tão afligida pelo frio quanto antes.

O penhasco no qual construíram sua casa oferecia vegetação suficiente para matar a fome, e cavernas e alcovas suficientes para que pudessem encontrar algum isolamento umas das outras. Mas, às vezes, estar separadas umas das outras não bastava. O que desejavam, o que todas desejavam, era a separação do mundo. Foi no verão de seu quinto ano que Medusa descobriu o quanto suas irmãs sentiam essa necessidade.

Tinha sido um dia para aproveitar o sol. Um no qual o calor que se elevava do chão era resfriado e diminuído pela brisa que soprava do mar. Ela estivera colhendo raízes e ervas para fazer uma sopa; grata por ter aprendido a diferença entre cicuta e cicuta-dos-prados, dado o quão próximo as duas cresciam na ilha.

De sua posição no solo, ela viu as duas figuras se aproximando do topo do penhasco. Não havia como negar as mudanças nela e nas irmãs, embora, em vez dos males físicos que as irmãs adquiriram, sua transformação era mais eficaz; outra razão para o ressentimento de Euríale para com ela. A visão de Medusa havia melhorado tanto agora que ela era capaz de reconhecer um falcão marinho pelas penas de sua cauda, a trinta metros da costa. Ela conseguia ouvir o farfalhar das asas quando se dobravam, preparadas para mergulhar, e a lufada de ar enquanto mergulhava em direção à água. Seus sentidos haviam se aguçado a tal ponto que, mesmo sentada nas profundezas da rede de cavernas, ainda ouvia o bater das ondas e o assobiar da brisa nas rochas.

Pela maneira como o Sol brilhava, Medusa quase poderia ter se convencido – não fosse pelas espinhas retorcidas e ombros encurvados – de que eram duas mulheres quaisquer com mechas de bronze, aproveitando o calor e a companhia uma da outra, enquanto caminhavam, subindo devagar. Medusa observou, enquanto elas continuavam subindo até as alturas mais rochosas, deslizando sobre superfícies onde um mortal teria que parar e voltar, ou então engatinhar até chegar a um solo mais plano. Apesar de toda a sua falta de graça, elas também tinham uma nova força que poderia muito bem igualar-se à dela, se alguma vez fosse testada. Olhando uma para a outra, chegaram ao ponto mais alto da ilha e pararam a cerca de meio metro da beira do penhasco. Suas cabeleiras esvoaçavam descontroladamente, como se sopradas pela brisa e não o resultado de uma cascata de serpentes colada à sua cabeça. Ignorando a presença de Medusa abaixo, trocaram uma palavra antes de darem as mãos. Medusa ergueu a mão em um aceno, mas seus olhos não estavam voltados para ela. Pensou que talvez devesse gritar, e estava prestes a fazê-lo, quando as irmãs recomeçaram a caminhada, dessa vez em ritmo acelerado. Suas serpentes se sobressaltaram, enquanto as duas garotas corriam de mãos dadas em direção à beira do penhasco, seus dedos permaneciam entrelaçados mesmo quando o chão desapareceu sob seus pés.

– Não! – Medusa gritou, deixando cair as ervas que havia colhido conforme corria em direção à praia. A bile ficou presa em sua garganta.

– Esteno! Euríale! – Seus pés ficaram presos nas rochas, fazendo-a tropeçar e cambalear. – Por favor. Por favor, não. – Ela escalou as rochas, sua costumeira firmeza falhando, quando seus pés escorregaram nas algas gordurosas. Seus joelhos se esfolaram nas conchas afiadas.

– Irmãs! Irmãs!

Ela ouviu o choro, suave e abafado, muito antes de vê-las. Em sua mente, viu os ferimentos. Pescoço quebrado, talvez. Ossos quebrados. *Como poderia ajudá-las ali?*, perguntou-se. Não podia. Essa era a verdade. Poderia carregá-las de volta para as cavernas, talvez. Mas tinha visto muitos corpos caídos prejudicados pela mão desajeitada de um observador prestativo. Elas morreriam onde jaziam, com os membros retorcidos em ângulos pouco naturais, cobertos pelo próprio sangue. Elas morreriam, servindo de carniça para os pássaros que circulavam acima. E teria que encará-las nos olhos, lutar contra as lágrimas e esconder o tremor em sua voz ao lhes dizer que tudo ficaria bem, enquanto os últimos vislumbres de luz desapareciam daqueles olhos. Seria isso. Sua última ação fraternal. Estar ao lado delas e segurar suas mãos enquanto morriam.

Com um impulso final, empurrou-se até a última saliência. O ar fugiu de seus pulmões.

– Como? Não pode ser.

Encolhidas perto da base do penhasco, Esteno estava envolta nos braços da irmã. As articulações se projetavam em ângulos feios e ossos estavam deslocados e inflamados com vergões roxos. Apesar disso, seus gritos, ela percebeu depressa, não eram de dor.

– Vamos encontrar uma maneira – Euríale sussurrou, acariciando as cobras na cabeça de Esteno e falando como se fosse uma mãe para a filha. – Vamos encontrar uma maneira.

Para Medusa, não havia palavras. Ela escorregou para uma rocha abaixo. Abraçando os joelhos, continuou a escutar os soluços e gemidos abafados e jurou nunca mais sair do lado das irmãs.

CAPÍTULO TREZE

A pesar da promessa que fez naqueles primeiros anos, foi quase impossível para Medusa cumpri-la. Embora nunca tenha mencionado para as irmãs o que tinha visto, Euríale, em especial, passou a observá-la com olhos mais desconfiados daquele momento em diante. As noites passadas juntas, contando histórias, diminuíram. Mais observações cortantes interrompiam seus contos. As denúncias noturnas de Euríale à deusa agora iam do pôr ao raiar do sol e nas horas intermediárias. Ela começou a mentir, fugindo quando Medusa não estava olhando, muitas vezes arrastando Esteno consigo. Esteno, que agora mal conseguia ficar de pé devido às massas que saíam de suas costas.

Certa vez, elas tentaram se afogar; saíram na maré baixa e esperaram para serem arrastadas pela elevação da corrente. E foram arrastadas. Submersas nas profundezas cinzentas e geladas. A água encheu seus pulmões de novo e de novo. Resfolegando e sufocando, seus olhos arderam por causa do sal enquanto tossiam, choravam e rezavam pelo fim. Mas nenhuma trégua jamais veio. Todos os seus esforços tinham sido em vão. Quando a manhã chegou, seus corpos, enfraquecidos pelas horas em que se debateram e afundaram sob as ondas, foram deixados largados, aquecendo-se na costa de cascalho. Mais duas vezes, os estoques de cicuta de Medusa desapareceram. Ela não fez perguntas. Sabia, devido à maior amargura que emanou de Euríale durante os dias que se seguiram, que outro plano havia falhado. Os planos eram todos traçados por Euríale, disso Medusa tinha certeza.

– Por que me olha assim? – perguntou Euríale, depois que Medusa as encontrou mais uma vez na praia. Fios de ervas marinhas se agarravam a seus escalpos, embolados no emaranhado de cobras como o chão de uma floresta depois de uma tempestade. – Se ainda tivesse algum amor, você mesma teria feito isso por nós. Cortaria nossas gargantas enquanto dormíamos.

Medusa abriu a boca para responder, mas voltou a fechá-la. Havia pouco que pudesse dizer; era a verdade. Mas não seria responsabilizada por mais nenhuma morte. Não por toda a eternidade, não importa o quanto implorassem.

Enquanto Euríale se tornava mais vocal em sua amargura e desdém, Esteno se retraía mais em si mesma. Ela havia perdido o amor pela natureza e pelos pássaros e insetos que andavam sobre as rochas. Durante horas, ficava sentada na caverna, arranhando as unhas nas paredes de pedra, cavando buracos nas rochas, quando não na própria pele. Em vez de deixar os besouros e as aranhas rastejarem sobre suas mãos, ela os esmagava entre o polegar e a ponta dos dedos e espalhava o que restava nas paredes. Seu corpo havia piorado com suas mazelas. Suas articulações estavam quebradiças e rígidas, seus joelhos, fracos e curvados.

– Fale comigo – implorava Medusa, apoiando a mão no joelho da irmã e sentindo o calor se esvair de sua pele.

– O que há para falar? – respondia Esteno.

– Qualquer coisa, por favor. Apenas me diga como você está se sentindo.

Seu queixo se inclinava e seus olhos se moviam para Medusa.

Enquanto antes brilhavam com luz e vida, agora não havia nada além de um vácuo negro.

– Eu ainda posso sentir? – questionou ela.

*

Na noite em que os primeiros heróis chegaram, a dor de Esteno estava no auge. Suas serpentes estavam eretas, guinchando na escuridão, os berros dela ecoavam nos penhascos, enchendo o ar de agonia. Euríale havia desaparecido lá fora, gritando contra os ventos que sopravam do Oeste. Durante todo o dia, o vento uivara em chamados ferozes que agitavam a espuma do mar, embora tivesse se recusado a se transformar em tempestade. Aplicando dedução ao seu conhecimento rudimentar, Medusa criou alguns tônicos e unguentos simples que forçou a irmã a tomar e aplicou nas feridas em suas costas, que agora haviam crescido tanto que romperam a pele. Molhada de suor, a testa de Esteno queimava ao toque. Suas palavras saíram como uma tosse sufocada, enquanto seus olhos rolavam de um lado para o outro nas órbitas. Medusa tinha visto centenas de febres em seu tempo como sacerdotisa; febres nas quais a pele das pessoas ficava pálida, e seus olhos brilhavam amarelos, e nas quais brotava espuma na boca das vítimas. Febres nas quais bolhas estouravam na língua e faziam o corpo convulsionar de dor. Febres que ela sabia que passariam e o paciente ficaria bem em um mês ou mais, e febres nas quais ela ficava ao lado deles e rezava à deusa por uma passagem suave. Aquela estava além até mesmo disso. A água fumegava na testa pálida de Esteno. Seus lábios e bochechas perderam a cor; seus olhos, injetados e com manchas verdes.

– Só precisamos abaixar a febre – Medusa disse para si mesma, pois duvidava que Esteno ainda tivesse a capacidade de decifrar palavras. – Vou levar você até a água. O mar vai ajudar. Aqui, coloque seus braços em volta de mim.

Ajoelhando-se, Medusa ergueu a irmã do chão. Com o corpo flácido de Esteno nos braços, desceu até a praia, colocando-a na parte rasa, onde as ondas batiam em seu corpo retorcido. O vento continuava a lutar, enquanto as primeiras gotas de chuva começavam a cair.

– Eu... eu... – Um balbuciar veio dos lábios de Esteno.

– Descanse, descanse. Não tente falar – insistiu Medusa. Mas a tosse continuou até que ela finalmente arquejou as palavras tão desesperadas em sua língua.

– Mate-me. Mate-me – pediu Esteno.

A dor de mil punhais atingiu Medusa onde antes estivera seu coração.

– *Shhh, shhh.* – Jogando água sobre as cobras, Medusa vasculhou a colina em busca de sinais de Euríale. O fato de ela ter escolhido não estar com a irmã em um momento como esse só serviu para mostrar o quanto ela havia decaído. Nos últimos dias, tinha ficado ainda mais distante. Como acontecera com Esteno, suas aflições haviam piorado, embora ela ao menos lutasse para esconder isso de Medusa.

O chiado raso da respiração de Esteno era quase inaudível acima de seus gemidos e do vento. Medusa se inclinou para limpar um pouco da espuma incrustada de sua pele quando outro grito se elevou na noite. Medusa estremeceu, sacudindo a cabeça da irmã quando o grito soou de novo.

– Euríale?

Os gritos aumentaram de volume. No mesmo instante, os lamentos de Esteno tornaram-se uma cacofonia. Do outro lado do mar vieram estrondos de trovões. A chuva caía, brotando da praia de cascalho.

Uma tontura embaçou a visão de Medusa. A areia escorregou sob seus joelhos, enquanto suas próprias serpentes se erguiam em protesto contra os sons e a chuva que as golpeavam.

– Parem! Parem! – gritou Medusa para o ar e para as irmãs,mas ninguém lhe deu atenção. Então, ela falou com o céu: – Por favor, por quê? Por que tem que fazer isso com elas? Puna-me. Castigue-me!

Esteno continuou a se contorcer no mar. Medusa olhou para o penhasco. Não havia como alcançar Euríale.

Seu corpo, quase invisível através das camadas de névoa pesada que envolviam a ilha, estava agora ajoelhado.

– O que quer de mim? – Medusa chamou a deusa. – O que a senhora quer de mim? – Mais uma vez, não recebeu resposta. – Se deseja a morte delas, então deixe-as morrer. Por favor – implorou, seu choro abafado pela discórdia ao seu redor. – Por favor, acabe com isso.

A mente de Medusa ainda estava mergulhada nas tristezas dos anos anteriores quando sentiu uma mudança no vento. Um calafrio arrepiou os cabelos de sua nuca.

– Esteno, fique quieta. – A urgência em sua voz fez com que suas próprias serpentes se calassem, embora pouco fizesse para diminuir os lamentos das irmãs. – Por favor. Estou ouvindo alguma coisa.

Ela engoliu em seco. Seu coração disparou, enquanto se esforçava para entender os sons que vinham sob os gritos do outro lado da ilha. Passos. Era o que parecia. Passos na areia. Uma dúzia? Duas dúzias? Melodias de línguas sussurrantes, o murmúrio de armaduras e um clangor de metal. Os sons ecoavam na face do penhasco.

Por que viriam ali? Pelas cabras, talvez? Mas, então, por que as armaduras? E por que vir à noite? Não, havia apenas uma razão para homens com espadas colocarem os pés naquela ilha. Para caçarem um monstro.

Acalmando a respiração, Medusa afastou-se das ondas que quebravam. Se ao menos Euríale e Esteno se acalmassem, mesmo que só por um segundo, e permitissem que ela ouvisse com mais clareza. Eles tinham que estar na praia leste; era o único lugar onde poderiam ancorar sem arriscar suas embarcações. Era uma longa caminhada pela encosta da montanha para chegar até ela e Esteno. Mas e Euríale? Euríale estaria bem no caminho deles. Trêmula, Medusa retirou o corpo ainda em chamas de Esteno para fora do mar e a abrigou sob o penhasco. A chuva ainda caía e pingava da face do rochedo, e isso era um pouco melhor do que deixá-la ao relento.

– Eu vou voltar. Vou voltar. Por favor, espere mais um pouco. – Medusa inclinou-se e beijou a irmã. Das árvores nuas acima, ela quebrou alguns galhos e os colocou sobre o corpo da irmã, na esperança de escondê-la. Se alguém a encontrasse em sua condição atual, lhe arrancaria a cabeça dos ombros em questão de segundos. Precisava garantir que eles nunca chegassem tão longe.

O medo e a fúria deram-lhe forças para escalar a face da rocha. A cem metros de onde estava, Euríale estava enrolada na mesma posição que Esteno, agarrando o próprio corpo e se contorcendo de dor. Medusa correu para seu lado.

– Consegue ficar de pé? – Ela enganchou os braços sob os ombros da irmã. – Por favor, Euríale. Precisamos tirá-la do ar livre. Eles viram você. Estão vindo atrás de você.

Era verdade. De sua nova altura, ela podia ouvir os homens chegando, ver os dedos apontando em sua direção. Meia dúzia já estava na areia. Outras duas dúzias lutavam contra a corrente enquanto avançavam pela água turbulenta dos baixios. Um marchou pela praia adiante do resto. Ele trazia um escudo pesado à frente, uma espada na mão e uma armadura sobre o peito que teria arrastado qualquer homem normal para o chão. Mas ele não era um homem normal. Era um guerreiro. Um herói. Mesmo no escuro, sua pele reluzia, o sal do oceano se cristalizava em manchas de luz.

– Por favor, Euríale. – Medusa sentiu a umidade formigante da pele da irmã ao seu lado. Euríale não se moveu, exceto em espasmos de dor. A língua de suas serpentes estalava por debaixo de suas presas. – Por favor, podemos nos esconder. Podemos nos esconder deles.

Mesmo enquanto ela falava, as palavras enfraqueceram em sua convicção. Os homens tinham ouvido os gritos. Não deixariam a ilha até que tivessem vasculhado cada centímetro dela. Só havia uma maneira. Uma maneira de garantir a segurança das irmãs. Uma imagem de seus pais congelados no tempo se formou em sua mente. O capitão do navio. O bêbado amoroso. A morte... era para ter acabado. No entanto, eram esses homens ou sua família. Os homens haviam feito sua escolha quando pisaram na ilha. Agora era a vez de Medusa fazer a dela.

– Vou pegá-lo primeiro – Medusa falou ao vento. – Só o da frente. Se ele cair, os outros certamente recuarão. Não há necessidade de ferir mais.

Ela engoliu o medo que subiu por sua garganta e, silenciosa como uma de suas serpentes, deslizou até a praia leste.

CAPÍTULO QUATORZE

— Por que está aqui? – Medusa ficou à sombra das rochas, seus olhos e cobras cobertos por um capuz pesado. – Está invadindo minha ilha. Vá embora agora.

Os gritos de Esteno e Euríale continuavam a ressoar na tempestade ao seu redor. Relâmpagos faiscavam, iluminando toda a ilha. Alguns homens se encolheram com a claridade, estremecendo com o trovão que se seguiu. Homens ou meninos? A fileira estava tão próxima e Medusa não sabia quando a mudança ocorrera. Pensaria neles como homens, no entanto. Podia apenas pensar neles como homens. O cheiro de semanas ao mar era forte em sua pele e, mesmo a distância, ela podia ver as mãos calejadas daqueles queimados por cordas e madeira. Ela mesma ficou de pé no alto das rochas, de costas para a lua ao tirar o capuz. Seu halo de serpentes coroava sua cabeça enquanto repetia a pergunta:

– Por que veio até aqui?

À luz da lua, ela viu o sorriso dele crescer. Ele parecia ser mais jovem do que ela. Da idade de Euríale talvez, mas era difícil precisar sua idade e experiência sem olhar diretamente em seus olhos. Ele balançou a espada diante de si em um dramático movimento de varredura. Tudo para se exibir. Não havia nada que pudesse atingir àquela distância. A posição elevada dela oferecia muita proteção contra os guerreiros invasores.

– Vim buscar a cabeça da Medusa, a górgona – declarou ele.

– A górgona? – Medusa retrucou. Essa palavra era nova para ela. *Gorgos, a terrível.* Um nó de raiva e dor se retorceu dentro dela. Que salto, de sacerdotisa a górgona. – Não sei de quem está falando. Sou uma sacerdotisa. Sozinha aqui. Vá embora agora. Não encontrará o que procura nesta ilha.

Tão oleosa quanto uma das suas cobras, a língua do homem saiu da boca e lambeu os lábios.

– Uma sacerdotisa sozinha? Talvez seja exatamente por isso que viemos aqui. – Ele se virou para seus homens, que zombaram em apoio. – Talvez nosso prêmio seja mais do que apenas a cabeça da górgona.

O ar deixou a garganta de Medusa quando as lembranças das mãos de Poseidon em seu corpo a dominaram. A maneira como ele se forçou para dentro dela, nenhum homem jamais faria isso novamente.

– Vá embora agora – ordenou Medusa, sua voz era um silvo penetrante no ar.

– Por que eu faria isso? – bufou ele. A arrogância da juventude.

– Porque é uma opção melhor do que o destino que o espera se continuar avançando.

O sorriso só aumentou no rosto dele. A zombaria dos homens ressoou ao redor dela.

– Onde está sua hospitalidade, sacerdotisa? Meus homens e eu estamos cansados. Certamente você pode nos conceder um pouco do seu tempo.

Um berro estridente ecoou no céu, fazendo com que o sorriso do homem vacilasse.

– Há criaturas nesta ilha – alertou Medusa. – Parta agora e você e seus homens sairão ilesos.

– Meus homens podem cuidar de si mesmos – retrucou ele, aproximando-se das sombras um passo firme de cada vez.

O rufar no peito de Medusa assumiu um novo ritmo. Mais pesado. Mais rápido. Qualquer que fosse o resultado, não seria culpa dela, mas causado pela arrogância dele mesmo. À medida que se aproximou cada vez mais de seu abrigo, ela lhe ofereceu uma última chance.

– Volte agora – disse ela.

– Ou o quê?

Dessa vez, ela estava preparada. Deu um passo à frente, saindo da sombra que a envolvia. No momento em que ergueu os olhos, soube o que aconteceria. As cobras se enrolaram e sibilaram, enquanto ela observava o sorriso arrogante de escárnio ser selado para toda a eternidade. O choque em seus olhos foi registrado um segundo depois, assim que a pedra avançou para cima, suas pupilas ficaram cinza, moldadas para sempre em pedra. Apesar da tempestade, os sons pareciam ter sido sugados do ar, apenas o zumbido do cérebro dos homens permanecia, enquanto tentavam entender o que seus olhos tinham visto.

– Recuar! Recuar! – alguém gritou, tropeçando em direção à costa, apenas para tropeçar e cair. – Voltem para o navio! – Gritos e berros começaram à medida que mais e mais homens lutavam para voltar ao navio.

– Não voltem para cá!

Medusa suspirou na noite, expelindo o ar em uma rajada. Uma pontada de culpa atingiu seu estômago quando seus olhos caíram sobre a figura à sua frente. Outra morte. Mas apenas uma. O resto dos homens estava fugindo, correndo para seus navios e para longe de sua maldição. Em meio ao caos, uma pulsação de puro silêncio se estendeu pela ilha. Não durou mais do que um piscar de olhos, até menos, e ainda assim, naquele segundo, algo havia mudado. Silêncio de verdade. Os gritos, ela percebeu. Haviam parado.

— Irmãs!

Dando meia-volta, Medusa cravou as unhas nas rochas ao subir. Ondas de chuva transformaram as rochas em uma cachoeira. Ela escalou, o único pensamento em sua mente era alcançar suas irmãs. Euríale primeiro, teria que ser. Mas Esteno. Sua querida Esteno. Quando estava na metade da subida, um novo som a fez parar aos tropeços.

O bater de asas era mais forte do que qualquer águia que ela ouvira acima da ilha. Fortes e rápidas, espalharam a chuva, empurrando-a para a terra em torrentes intermináveis. O chamado delas era como nenhum outro que ela ouvira antes; com tom mais baixo que o de um pássaro, porém mais alto do que de uma fera. Tinha uma nasalidade, como se os pulmões das criaturas estivessem cheios de água. Ela levantou o olhar.

— Como? — As palavras saíram de seus lábios antes que pudesse detê-las. Mesmo sem a coroa de serpentes, ela as teria reconhecido. — Irmãs?

Elas estavam lindas. Livres. Toda a dor dos anos, esquecida, enquanto deslizavam pelo céu, iluminadas pelos raios branco-azulados atrás de suas asas. Descendo e mergulhando, elegantes como andorinhas, chamavam uma à outra. O alívio de sua liberdade invadiu Medusa, como a água de uma fonte. Elas não eram pássaros, eram muito mais. Um relâmpago faiscou e então permaneceu, transformando toda a noite em dia. Medusa arquejou. Os tons de âmbar dos olhos delas haviam sido substituídos por redemoinhos de verde e vermelho, suas compleições infantis agora devastadas por caroços e verrugas.

Enquanto as observava, suas acrobacias aéreas desaceleraram. Em vez de mergulhar e descer, começaram a circular. Batidas pesadas de asas ecoaram, enquanto marcavam um único caminho no céu, girando e girando; águias procurando o cordeiro mais fraco para arrancar do rebanho antes que todos começassem a se espalhar. A sacerdotisa entendeu o que estava para acontecer um instante antes de acontecer.

– Não! – Medusa saltou de seu posto, caindo na areia, correndo em direção ao barco. Mesmo em sua velocidade, ela não era páreo para suas irmãs agora. Cada mergulho viu um, depois outro homem transformado em pedra. A risada das irmãs, áspera e rouca, estalava no ar. – Eles estão indo embora! Estão indo embora! – Medusa se lançou às ondas que quebraram feito gelo contra suas coxas. Ao seu redor havia uma floresta de homens, seus olhos e bocas, escancarados de medo. Suas mãos se estenderam para um e depois para outro. Todos pedra. Todos congelados. – Já chega! Já chega! Deixem que partam. Devem deixá-los ir.

Ela se virou, seus olhos capturaram os de um marinheiro, cujas mãos estavam agarradas ao casco do barco. Em um instante, ele também se transformou em pedra.

– Por favor! Já chega!

Quando as irmãs terminaram, não havia um único homem vivo. Aqueles que encontraram seu destino nas águas rasas tombaram e desabaram, se partindo, fragmentos de suas feições eram agora cascalho no fundo do mar. Outros haviam morrido no barco, seu peso aumentado fez com que a proa afundasse. Outra tempestade e os destroços seriam irrecuperáveis. Medusa sentou-se na praia até o sol se espalhar pelo horizonte.

Quando voltou para sua caverna, as irmãs estavam encolhidas. Suas asas emplumadas envolviam seus corpos, cobertores para suas almas quebradas. A tristeza da própria Medusa se consolidou ao perceber que, pela primeira vez desde que se reencontraram, Esteno dormia com um sorriso no rosto.

CAPÍTULO QUINZE

O rei Acrísio de Argos andava pela sala do trono. Sua mão tremia, e o ar em seus pulmões apunhalava com força sob suas costelas. A seus pés, a criança ria. Ele recuava de horror diante do som. Sua esposa, Eurídice, por sua vez, recuava apenas diante dele.

– O que mais posso fazer? – ele falou para a esposa. – A morte seria melhor. Agora, enquanto ela é jovem. Nossas lembranças dela são preciosas e imaculadas. Decerto seria uma graça lembrar dela dessa maneira.

– Uma graça? Está perdendo a sanidade?

Eurídice deixou seu assento, a raiva ardeu em suas bochechas. Ergueu a criança do chão e a entregou à ama ao seu lado.

– Leve-a para o quarto – ordenou. – Que ninguém entre além de mim. Ninguém. Inclusive o rei.

A ama empalideceu. Apenas um momento atrás, seus olhos estiveram inflamados com a mesma raiva ardente que os de Eurídice, mas essa raiva mudou para medo. Desobedecer à ordem do rei não salvaria ninguém.

Provavelmente resultaria em mais mortes, sobretudo a dela. Trêmula e pálida, ela saiu correndo do aposento, com a criança nos braços.

– Acrísio. – A voz de Eurídice tremia. – Agora me escute. E ouça com atenção. – Antes do nascimento de sua filha, ela gostava de crianças, como era de esperar de uma mulher prometida a um rei. Eurídice cantarolou o suficiente e brincou com os filhos pequenos de suas amigas, em geral, gostando das atividades e da companhia, pelo menos por um tempo. Ela podia se imaginar tendo um em algum momento também, mas até que esse momento tivesse chegado, ela jamais poderia ter previsto o quanto isso a mudaria. Mas com o nascimento de Dânae, um fogo despertou dentro de si. Desde o primeiro segundo em que segurou a filha junto ao peito, sentindo o cheiro doce, seu mundo se transformou. Todos os seus pensamentos passaram a ser consumidos pela preocupação com a criança, e seu peito ardia com tanta força que ela ria da própria audácia por considerar ter alguma compreensão do amor antes. Esse amor, esse vínculo, esse fogo que ardia dentro dela, recusava-se a ser extinto, não importavam as profecias que lhe fossem apresentadas.

– Você não tocará em um fio de cabelo da cabeça da nossa filha – decretou.

Acrísio olhou furioso para sua esposa.

– Mesmo que ela vá me matar? Você ouviu as palavras do oráculo. O filho de Dânae provocará minha morte.

– Ela tem apenas dois anos. Você espera que ela tenha um filho agora? Mesmo que as palavras do oráculo sejam verdadeiras...

– As palavras do oráculo são verdadeiras. Elas dizem apenas a verdade. A criança será responsável pela minha morte.

– Seus descendentes serão os responsáveis. Seu *neto* será o responsável. O oráculo não falou de Dânae. Como sabe que não há algum bastardo seu correndo pelos campos de milho agora? Todo rei deve ter uma dúzia a essa altura.

Uma ruga de fúria se estendeu ao longo da testa de Acrísio.

– Você sabe que nunca me deitei com outra mulher. Que nunca me deitarei. Você é o meu amor, Eurídice.

Acalmando-se, Eurídice baixou o olhar. Uma pulsação familiar voltou ao seu peito. Aquele peso era dela para suportar, não da filha. Se ao menos pudesse ter dado a Acrísio um herdeiro, um filho, ele jamais se veria à mercê da língua do oráculo. Ela deu um passo à frente e apertou as mãos do marido.

– Entendo seus medos, meu rei. Entendo de verdade. Mas ela é só um bebê. É tão capaz de ter um filho quanto você e eu de botarmos um ovo de galinha.

– Mas ela vai.

– Então, quando chegar à idade, falaremos sobre isso de novo. Mas não até chegar à idade.

– Eurídice...

– Antes disso, não, Acrísio. Antes desse momento, não.

*

O momento chegou quando ela tinha quatorze anos.

Eurídice e Acrísio haviam se distanciado, cada um incapaz de esconder seus pensamentos sobre a filha. Os pensamentos de Eurídice eram de medo e amor; os de Acrísio, apenas de medo. Dânae havia crescido. De espírito livre, corria ao longo da costa com as crianças locais, pegando caranguejos em linhas com iscas fétidas. Enquanto a maioria das jovens de sua idade e educação mantinham o rosto velado em público ou se abrigavam em casa, aprendendo as habilidades de tecelagem e arranjos de flores, ela surrupiava pão e frutas da cozinha do palácio e os distribuía entre os mendigos e pobres que encontrava nas ruas. Com seus cabelos dourados e olhos azuis, tinha uma beleza que provocava arrepios na espinha de Acrísio. Não era uma beleza que pudesse ser domada, ele percebeu. Não era uma beleza que se suavizaria ou embotaria com o tempo. Portanto, em sua opinião, era uma beleza que precisava ser confinada.

– Não pode colocá-la em uma masmorra! – Eurídice ergueu as mãos para o alto, derrubando um prato de uvas e maçãs verdes. Tendia a perder o controle de seu temperamento com mais frequência à medida que envelhecia, embora ela se importasse cada vez menos. As frutas caíram em torno de seus pés. – Ela não é uma praga. Não é uma prisioneira. Quer igualar minha filha a uma filha de Pasífae? Acha que ela não é melhor que o Minotauro? Ela é uma criança. Ela é minha filha.

– Ela não é mais uma criança. Ela é uma mulher e logo os homens virão atrás dela. E quando o fizerem, a profecia do oráculo se tornará realidade.

– É uma maravilha que o oráculo não tenha profetizado que você morreria em minhas mãos, Acrísio, pois sinto que logo isso pode acontecer.

Acrísio soprou o ar de seus pulmões, como um menino tentando soprar um navio da costa. Uma por uma, ele pegou as frutas machucadas ao redor de seus pés antes de se aproximar de Eurídice e pegar sua mão.

– Sei que é difícil de entender. Mas é para o bem dela. – Sua voz era suave e melodiosa, enquanto ele a guiava até perto da janela. – Veja este mundo que criamos, você e eu – pediu ele. – Pense em nossa parentela. Em nosso povo, não são felizes?

– Você sabe que sim. Mas se prender sua amada princesa em uma masmorra subterrânea, não serão mais. Deve pensar bem, Acrísio, ou nosso povo ficará com medo, como o de Creta. Vão murmurar e fofocar, e vão surgir histórias de como nós também escondemos uma fera dentro das profundezas de nosso palácio. Como também precisaremos de sacrifícios para manter a fera saciada.

– Mas não é verdade. – Acrísio empalideceu, a incerteza cintilou em seus olhos.

– Desde quando a verdade tem importância na fofoca? – respondeu Eurídice. Suas palavras foram recebidas com silêncio, fazendo com que um sorriso particular faiscasse no íntimo dela. – Não vai demorar muito para que a cidade esteja tomada pelo descontentamento. Todos sabemos da agitação em Creta. Traria isso para nossa costa?

Acrísio alisou a barba no queixo, um sinal claro de sua dúvida. Uma leve brisa entrou pela janela, fazendo com que o cabelo de Eurídice esvoaçasse ao redor de seus ombros. Virando-se para arrumá-lo, manteve seu sorriso escondido por dentro. Ela fez uma boa jogada, mas não contaria seus ganhos até que todas as peças tivessem sido jogadas.

– Bem, o que sugere? – Acrísio mordeu a isca. – Não vai me deixar matar a garota?

– Claro que não vou deixar você matá-la. Ela é nossa filha. Vamos contê-la na torre. – Eurídice apontou pela mesma janela para a qual Acrísio a havia levado. – Ela pode viver na torre, longe do olhar e das persuasões dos homens.

– Como isso é diferente da masmorra?

– Como?

Fechando os olhos, Eurídice puxou o ar fresco para os pulmões e colocou-se lá, no futuro da filha. Feridas doloridas e ardentes se abriram em seu coração, enquanto considerava tudo o que a filha estaria perdendo. Seria melhor, perguntou-se, deixá-la viver seus dias aprisionada? Mantida em cativeiro por aqueles que deveriam protegê-la? Mas seria uma vida, por mais atrofiada que fosse tal existência.

– Ela poderá ver o céu – sussurrou, com os olhos ainda fechados, o calor dos raios do sol em sua face. – Poderá sentir o cheiro do sal marinho e ouvir o grasnido dos pássaros acima dela. Ouvirá os sons da cidade abaixo dela. Sentirá o aroma das carnes no mercado, das flores nas árvores. – Infundiu as palavras com todo o sentimento que pôde reunir. – E, por sua vez, as pessoas vão ouvi-la. Saberão que ela está acima deles, observando-os. Uma guardiã, não uma prisioneira. Entenderão seu fardo como pai de manter uma criatura tão delicada a salvo dos criminosos do mundo. É o correto, Acrísio. Você deve entender que esta é a coisa certa a fazer.

CAPÍTULO DEZESSEIS

A aurora continuava sendo a hora do dia preferida de Dânae. Havia algo naquela hora antes de o mundo começar a acordar abaixo dela que a enchia de uma sensação de calma. Às vezes, a chegada do dia era tranquila; um único canto de pássaro seguido por outro, depois outro, até que o ar ao seu redor estremecia com sua música. Outras vezes, o novo dia chegava com uma tempestade, trovejante e profunda em seu tremor, com nuvens escuras que mascaravam a hora e emudeciam os pássaros canoros. Porém, mais cedo ou mais tarde, não importava o quão brilhante ou encoberto, o sol sempre se espalhava ao romper o horizonte. E aqueles primeiros raios de luz se refletiam nas paredes de seu confinamento e a lembravam de seu lugar no mundo.

Com o amanhecer, vinha a esperança. Esperança de que aquele fosse o dia em que o pai recuperasse a sanidade; o dia em que ele confiaria na palavra dela e permitira que deixasse a prisão em que a havia jogado. Esperança de que aquele fosse o dia em que descobrissem uma criança bastarda sobre quem a profecia do oráculo poderia recair ou, pior esperança de todas, que se a profecia do pai fosse se tornar realidade, que aquele seria o dia em que seu pretendente viria e a levaria para a liberdade.

Sua torre não tinha janelas de onde vislumbrar o mundo exterior. Apenas ar e luz do teto aberto, permitindo que apenas os deuses a vissem e lançassem os elementos sobre ela como bem entendessem. No verão, o ar ficava úmido e pegajoso, tanto que suas roupas grudavam à pele, e ela as tirava e ficava nua ao sol. No inverno, sua respiração virava vapor e cristais se formavam nas paredes de sua torre. No entanto, apesar disso, ainda era uma prisioneira de relativo conforto. Ainda uma princesa. Nunca passava necessidade. Criadas que passavam ou amigas de infância que corriam com ela à beira-mar e sujavam as mãos com ela nos pomares do palácio eram levadas às escondidas à base da torre a pedido da mãe dela e sussurravam fofocas do mundo abaixo pela porta trancada. O destino a selou em sua câmara, mas era ela quem escolhia como reagiria. O tempo passaria quer ela chorasse quer cantasse. E assim, Dânae escolheu temperança e esperança. Riso pelas formas das nuvens, alegria com as canções que lhe chegavam aos ouvidos. O pai podia ter planejado roubar anos de sua vida, mas podia escolher com que humor os receberia.

*

O verão havia sido longo e, dia após dia, ela observava o sol fazer um arco acima de seu quarto e se esconder em um horizonte que ela nunca via. Muitas vezes, durante aqueles longos dias, se pegava pensando nos deuses, pois eles eram os únicos que eram capazes de vê-la escondida. Um novo tipo de serenidade vinha de torcer lã entre os dedos, balançando suavemente para frente e para trás enquanto o fazia.

Naquele dia, ela estava em paz. Nuvens tingidas de prata amainaram o brilho de Hélio, mantendo fria sua torre revestida de latão. Quando seus dedos ficaram cansados de tecer naquele dia, atravessou o quarto, pegando um copo de água antes de subir em sua cama. Pesadas flores de açafrão decoravam as mesas a pedido de sua mãe, as pétalas eram de roxo e branco brilhantes e vibrantes. Deitada de costas, ela observou o tom prateado das nuvens se aprofundar, embora, em vez de ficarem acinzentadas como esperava, passaram ao mais suave dos dourados. Reluzindo acima dela, sua luminosidade e brilho se intensificaram, até ficarem mais radiantes que o próprio Hélio. Dânae protegeu os olhos do esplendor. Havia um deus acima dela. Ela tremeu ante a compreensão. Talvez alguém que tivesse ouvido histórias sobre seu destino e que pudesse guiá-la. Um patrono no Olimpo, talvez. O calor da luz tornou-se sufocante. O suor escorria em sua pele pálida e suas bochechas ficavam cada vez mais vermelhas.

– Por favor... – Dânae chamou, embora a quem ela tenha chamado e o que esperava que fizessem permanecesse um mistério até para ela. Seu coração tremia sob suas costelas, sua respiração ficou curta e ofegante. E então, quando o fulgor parecia prestes a queimar sua pele, as nuvens se abriram, lançando lençóis de chuva dourada.

Pela abertura acima, a chuva caía em grandes gotas douradas, mais lustrosas e atraentes do que todos os tesouros de seu pai juntos. Dânae deitou-se na cama, abrindo os braços e as pernas esticados sobre os lençóis. Cada lugar onde uma gota de chuva caía parecia tão vivo como se tivesse sido beijado pelo próprio Zeus. Ela abriu as mãos e a boca, inclinando a cabeça para trás enquanto permitia que a chuva a inundasse. Encharcada até os ossos, e ainda mais fundo, até que cada músculo de seu corpo estivesse tingido com sua luz delicada. Cada célula de seu corpo estremecia. Só quando estava encharcada de suor, ofegante, a chuva parou. Ainda ofegante, Dânae fechou os olhos. Quando acordou, seu quarto estava seco e o céu, tão cerúleo quanto jamais o vira.

Demorou duas luas antes que Dânae percebesse os efeitos da chuva dourada. Agora, dentro de si, carregava as consequências daquele dia. Medo e amor oscilavam em sua mente. Se essa criança nascesse menino, nada além de sua morte saciaria os desejos de seu pai. E a criança seria um menino. Ela sabia o suficiente sobre os deuses para entender isso.

Então, prometeu amar o bebê em seu ventre mais do que qualquer mulher já amou uma criança ainda não nascida em todos os tempos. Se esses fossem os únicos segundos que teriam juntos, ela os valorizaria, ia se apegar a cada momento. Cada chute sutil, cada movimento e remexida. Ela se lembraria de todos eles. Manteria todos eles a salvo em sua memória. Todos os dias, cantava para ele por horas e horas. Contou-lhe histórias de sua infância e histórias vindas de sua imaginação, tudo na esperança de que isso fosse o bastante para que sua voz seguisse com ele rumo à vida após a morte. E lhe deu um nome. Seria ele quem acabaria com sua solidão e a traria de volta à luz. Perseu.

CAPÍTULO DEZESSETE

Ocorreu assim que o dia amanheceu. Nas últimas três noites, tinha vindo de maneira semelhante, ondulando por sua barriga inchada, retesando e latejando, enquanto as ondas pulsantes traziam lágrimas aos seus olhos, porém, a cada vez, tinham desaparecido quando o sol raiava. No entanto, naquela noite, não houve diminuição. Quando o coro da alvorada começou, a pele de Dânae estava molhada de suor, as ondulações em sua barriga agora eram grandes marés, ondas, se quebrando com toda a força. Ela se apoiou na cabeceira de madeira da cama e mordeu a tira de couro da cinta com a qual havia prendido a barriga por tantos meses.

O filho de um deus. O filho do próprio Zeus, ela sabia, pois nenhum outro poderia ter vindo até ela como ele veio. Ela não ia gritar. Não podia. Por semanas, tinha rezado para que o filho chegasse à noite, quando poderia segurá-lo e escondê-lo. Ter adiado um pouco que o tomassem. Mas a manhã era a pior hora de todas. Logo, uma de suas criadas viria com leite, mel e frutas para o café da manhã. E só agora ela descobriu sua ingenuidade. O fedor no quarto, o sangue que escorria de seu corpo. Não haveria como esconder isso.

Com os dentes cravados na alça, outra onda desceu. Sabia que era a hora. Foi nesse momento que conheceu seu filho.

*

Sem fôlego, ficou deitada com ele pressionado junto a si. A pele dele era rosada e coberta pela brancura leitosa de sua jornada de entrada no mundo. O corpo dela latejava, doía e queimava por dentro e por fora, mas, enquanto ele silenciosamente sugava seu seio, a dor se afastou até a periferia de sua consciência. Todas as vezes que conversou com ele, enquanto ele estava aninhado dentro dela, todas as palavras de amor que sussurrara sem parar no silêncio da noite, apenas agora ela entendeu, assim como a mãe antes dela, não significavam nada. A vida dela não significara nada até agora. Isto era amor.

– Perseu – sussurrou ela, repetidas vezes. – Meu querido, Perseu. – Lá fora, o som de passos na base da torre quebrou a falsa realidade de calma. Com o pulso acelerado, ela olhou ao redor do aposento. Lençóis manchados de sangue estavam espalhados por sua cama. Embalando o bebê nos braços, se levantou, apenas para cair de joelhos. A chave soou na fechadura.

– Não entre! – A voz de Dânae falhou. – Deve buscar minha mãe. Minha mãe. Preciso dela.

Silêncio. Incerteza sobre qual criada havia sido designada para ela naquele dia.

– Ainda sou uma princesa do palácio. – Dânae segurou Perseu junto ao peito, rezando para que seus gritos não o fizessem chorar. – Ordeno que vá buscar a rainha. Se não o fizer, ela e o rei saberão.

O momento se prolongou, seguido pelo breve tilintar da chave sendo removida.

– É claro, minha senhora. – A voz tremeu em resposta.

*

– Minha filha – Eurídice caiu no chão, abraçando a filha e o neto. – Como?

– Um presente dos deuses. Do próprio Zeus – repetiu Dânae, sabendo que era verdade. – Vai me ajudar? Vai me ajudar a tirá-lo daqui?

A mãe empalideceu.

– Deveria ter me contado antes. – Ela se levantou, saindo do lado da filha para andar pelos limites do quarto da torre. – Preciso de tempo. Há pessoas, mas preciso de tempo. – Seus passos se aceleraram, os nós dos dedos brancos, enquanto fechava e abria os punhos. – Seu pai vai sair para caçar esta tarde. Você deve ficar aqui até então, mas teremos que mandá-la embora antes que ele volte esta noite. Eu irei. Irei encontrar um barco para nós. Eu vou…

A porta do quarto se abriu. Uma jovem criada, com um balde e esfregão na mão, estava ali. A fração de tempo passou como uma eternidade. A submissão casual da criada foi seguida por confusão quando seus olhos se arregalaram com a visão à sua frente. Por fim, o rubor do medo. A rainha atravessou a câmara de um salto até ela.

– Vá! – gritou a poucos centímetros do rosto da jovem. – Vá agora e não conte a ninguém o que viu aqui. Entendido? – Ela agarrou o braço da garota, fazendo com que o esfregão escorregasse de suas mãos. – Não falará com ninguém, ou será o seu fim. Está me ouvindo? – A garota assentiu, calada, com lágrimas se acumulando nos olhos, enquanto se abaixava para pegar seu esfregão.

– Sim, minha rainha. Eu entendo.

– Deixe-nos!

Eurídice bateu a porta antes de voltar para Dânae. Suas mãos tremiam tanto que sacudiram seu vestido.

– Ela não vai ficar de boca fechada.

– Mas...

– Não vai. Precisa ir agora. Precisa vir comigo. Vou buscar um casaco e ouro para você. Iremos para o porto. Alguém levará você.

– Mas, mãe... – Dânae agarrou Perseu junto à pele, rezando pelo santuário de quando ele ainda estava dentro dela. Eurídice já estava de volta à porta.

– Não abra para ninguém. Ninguém além de mim.

– E se meu pai vier?

– Não abra para ninguém além de mim – repetiu ela e, depois de um momento de hesitação, voltou correndo até a filha e deu um beijo no cabelo claro do neto antes de desaparecer, voltando para o palácio.

Elas chegaram até a praia juntas. Eurídice enviou seu amigo mais confiável para procurar um capitão que estaria disposto a levar um passageiro a bordo sem fazer perguntas. Ele precisaria zarpar no mesmo instante e seria ricamente recompensado. Discrição era fundamental. Um foi logo encontrado e, de imediato, Dânae se preparou para zarpar.

Envolta em um manto de lã, Dânae usava as roupas de um plebeu, enquanto descia os degraus de sua torre e atravessava o pátio em direção à costa. O horizonte mal estava à vista quando ela viu o pai, Acrísio, esperando por ela, uma tropa de homens ao seu lado. Ou o amigo ou o capitão eram menos confiáveis do que Eurídice acreditava.

– Você mentiu para mim – ele cuspiu as palavras para a esposa.

– Meu amor, precisa entender...

Acrísio deu um passo à frente e esbofeteou a mulher com as costas da mão.

Eurídice e Dânae ofegaram em uníssono quando a mulher mais velha foi derrubada para o lado, o sangue escorrendo de seus lábios cortados no cascalho cinza-ouro da praia.

– Mãe! – gritou Dânae, mas não podia se aproximar dela. Mal tinha dado um passo quando foi agarrada por trás. Ela lutou contra o aperto, batalhando para manter o recém-nascido Perseu em seus braços.

– Eu queria salvá-la. Eu queria salvá-la disso, Dânae – declarou Acrísio com um tom de confusão, como se ele fosse o único ser injustiçado, com a esposa sangrando e a filha chorando ao seu lado. – Se você tivesse apenas me obedecido. Se tivesse simplesmente escutado.

– Não o tire de mim. Ele é filho de Zeus! – Lágrimas escorriam de suas bochechas, enquanto Dânae apertava um Perseu choroso junto ao peito. – Ele é filho de Zeus. Por favor, não o tire de mim.

– Eu deveria ter poupado você de toda a dor.

– Pai, o senhor será punido por isso. Será punido por machucar o filho de Zeus! – As lágrimas estavam salgadas em seus lábios quando ela cuspiu as palavras. – Não o tire de mim. Por favor, os deuses irão puni-lo.

As ondas se quebravam na costa, os barcos sacudiam para frente e para trás, enquanto a espuma branca batia contra os cascos. *Ele vai mandar outro homem fazer*, Dânae pensou enquanto era empurrada de joelhos, ainda agarrada ao filho. Ele não realizaria o ato ele mesmo. Ela refletiu mais tarde que, caso fosse um bebê normal e mortal, sem o sangue de Zeus em suas veias, Perseu poderia muito bem ter morrido com a força de seu abraço, enquanto ela o apertava junto a si. Ardente, temerosa; ela não iria e não podia tê-lo soltado. Segurar Perseu até o fim era tudo o que importava. Tornando cada segundo com ele um momento de aconchego. Um momento para sentir os batimentos cardíacos da mãe. O pai dela não faria isso ele próprio, pensou ela mais uma vez, enquanto olhava para ele. Não importava o que o oráculo havia previsto. Matar o próprio neto era um ato bárbaro, até mesmo para ele. Lanças e facas brilhavam à luz cinzenta da tempestade que se aproximava. Qualquer um de seus lacaios poderia ser aquele a dar o golpe final. Dânae estava imaginando seus últimos momentos quando seus olhos caíram sobre o baú, repousando na areia atrás de seu pai e dos homens armados. A madeira opaca não havia sido lixada ou polida como o casco de um navio, e suas bordas ásperas e foscas pareciam mais adequadas para o estoque de um fazendeiro ou um lugar para guardar roupas nos aposentos dos criados do que para sobreviver às intempéries no mar. Ao lado havia uma pilha de correntes e cadeados pesados, fortes o suficiente para selar um cofre. O medo fez sua pele formigar.

— Pai — sussurrou ela.

— Vou atender o seu desejo — falou Acrísio com um tom sombrio. — Ele não lhe será tirado.

*

Eles os levaram para o mar, sem dúvida com medo de que os restos fétidos e inchados do ato de Acrísio pudessem retornar para própria costa caso não fossem levados longe o bastante. Ela não gritou nem bateu nas laterais para ser solta. Não havia muito sentido. Ela não permitiria que em suas últimas horas de vida, seu filho ouvisse apenas gritos e angústia. Em vez disso, cantou para ele todas as canções que se lembrava de ter ouvido quando criança. Lágrimas silenciosas corriam por suas bochechas, enquanto recordava verso após verso. Talvez as regras fossem diferentes para os semideuses, rezava. Pois ele não teria um enterro adequado dessa maneira. Nenhum óbolo para pagar Caronte para atravessar o Aqueronte. Não haveria entrada no Hades para nenhum dos dois. O pensamento ficou preso no seu peito. Que tipo de destino era esse para um bebê? Ele era filho de Zeus; tentou se consolar. Com certeza seria protegido. Isso era o que mais importava. Que Perseu estivesse protegido.

Em sua prisão escura, Dânae tinha acabado de se acostumar com o balanço do navio quando sentiu a mudança de movimento.

– Mame – disse ela, segurando Perseu junto ao seio. – Mame e vá dormir, meu amor. É hora de irmos dormir.

CAPÍTULO DEZOITO

Perseu marchava de uma parede para outra. Sua barriga estava cheia de ira; ira, que ele dirigia a todos.

— Nunca pensou que tínhamos o direito de saber? — Ele lançou as palavras para Díctis. — Por dezoito anos, você me chamou de filho. Por dezoito anos, confiei em você. E descobrimos isso agora, não de seus lábios, mas dos dele. Diga-me, então, se ele não tivesse aparecido nesta casa, saberíamos que você era irmão do rei de Serifos? Irmão de Polidectes, aquele vil tirano?

Suas palavras e fúria receberam como resposta o silêncio, o que serviu apenas para enfurecê-lo ainda mais. Com o passar dos anos, Perseu havia crescido e a casa em que morava na ilha de Serifos havia sido espaçosa o bastante. Sempre encontrara espaço naquela casa para cantar, brincar e limpar os peixes que pescava no barco com Díctis. Naquele dia, porém, as paredes haviam se apertado, empurrando-o cada vez mais para perto daqueles dos quais desejava se afastar.

– Perseu, meu rapaz, o rei não faz parte do meu mundo e eu não faço parte do dele – argumentou Díctis quando finalmente falou. – Sim, somos parentes de sangue, mas você e sua mãe são mais minha família do que ele jamais foi ou será.

A resposta fez pouco para satisfazer Perseu, então ele se voltou para a mãe.

– Sabia disso, mãe? Tinha conhecimento desse segredo?

– Não até eu contar a Díctis que havia recebido uma mensagem sobre o interesse do rei em mim.

– Então por que não está brava? Por quê? Este homem sob cujo teto a senhora mora mentiu para a senhora, e não sente raiva disso?

Dânae inclinou a cabeça e franziu a testa.

– Deseja que eu demonstre raiva? Como? – perguntou ela. – Como posso demonstrar raiva contra Díctis, que arrancou duas crianças semiafogadas, uma com apenas alguns dias de vida, da praia e lhes deu uma nova vida ou, contra Clímene, que criou meu filho como se fosse seu e foi uma mãe para mim quando a minha não pôde sê-lo? – Perseu fez um beicinho diante de sua falta de apoio, embora Dânae ainda não tivesse terminado. – Deseja que eu questione aqueles que nunca me questionaram. Ou a você. A confiança não requer respostas, Perseu. Confiança requer aceitação.

Perseu franziu os lábios e lançou um olhar raivoso.

– Apenas agora descobrimos que Díctis é irmão de um rei.

– E eu sou filha de um. E você é neto de um. Díctis nunca mentiu para você. Ele nunca me forçou a revelar todas as histórias sinistras do meu passado, e nunca esperei que ele fizesse o mesmo. A vida que tivemos é por causa dele, Perseu. Eu não eduquei você para agir com tamanho desrespeito.

Perseu cruzou os braços sobre o peito.

– Isso não pode acontecer. A senhora não pode se casar com Polidectes.

– Perseu, por favor, ele apenas deseja se encontrar comigo.

– Ele tentará reivindicar a senhora. Sei que vai, mãe. Posso sentir.

– Perseu, não pode se preocupar com um futuro que talvez nunca aconteça.

Ele sentiu como se estivesse falando com um simplório. Que suas palavras teriam o mesmo efeito se faladas para os homens que estavam sentados de pernas cruzadas nos portos, com o cérebro embotado pelo vinho, tagarelando sobre a época em que lutaram contra Ares na juventude. Ainda mais enfurecido pela calma da mãe, Perseu voltou sua raiva para Díctis.

– Diga-me, então, pai-que-nunca-mentiu, que tipo de marido o grande rei Polidectes seria para minha mãe? Justo? Bondoso? Seria como você e nunca levantaria a mão contra ela? Diga-me, Díctis. O que esse casamento implicará para minha mãe? Que direito ele tem de vir aqui e reivindicar qualquer mulher que queira?

O olhar do velho passou de Perseu para a mãe e depois de novo para ele. Para Perseu, Díctis tinha sido um homem feito de carvalho. Extraindo força de suas raízes, invisível e inabalável. No entanto, ali, com a luz do dia diminuindo, suas folhas haviam murchado e seus galhos, se curvado para dentro, retorcidos e castigados pelo tempo.

– Tentei fazer o melhor que pude por você e sua mãe, Perseu. Pode não ser uma união que eu desejaria para sua mãe, mas não tenho influência sobre Polidectes. Para ele, sou um pescador simples e desprezível, nada além disso, apesar de sermos da mesma linhagem. Na verdade, temo que se eu tentar exercer alguma influência, apenas pioraria as coisas.

Perseu saiu, com sua ira ainda fervilhando. Sua mãe casada com aquele rei? Não permitiria uma coisa dessas. Os rumores sobre o temperamento de Polidectes eram mais velhos que Perseu. Um homem insípido que compensava sua fragilidade com artimanhas e amargura.

E ser enganado, por tantos anos, por Díctis e sua esposa, Clímene, com quem às vezes compartilhara mais do que com a própria mãe. Eles os traíram, não importava o que sua mãe dissesse.

Sua mente era uma teia pungente de mágoa e raiva, enquanto ele se dirigia para a praia. Uma a uma, pegou pedras cinzentas e as arremessou na direção do céu nublado e das ondas cinzentas e quebradiças. Decerto, como filho de um deus, deveria ser capaz de impedir isso. Ele era filho de Zeus. Irmão de Athena. Com certeza, deveria ser ele a decidir com quem ou quando a mãe se casaria? Ele agarrou outro punhado de pedras, arremessando-as cada vez mais longe no mar. Custasse o que custasse. Custasse o que custasse, ele manteria a mãe segura. Uma mulher como ela jamais se casaria com um tirano. Não enquanto estivesse vivo.

CAPÍTULO DEZENOVE

A inquietação no coração de Perseu não diminuiu. Duas luas haviam se passado desde que soubera do desejo de Polidectes de se casar com sua mãe; e três dias completos desde que caiu na armadilha que o rei tinha armado para ele. Três dias haviam se passado desde que erroneamente colocara sua vida a perder e condenara a mãe às mãos e à cama de um monstro. Até mesmo ele não era ingênuo o bastante para acreditar que havia esperança. Não mais. Não depois daquilo.

– Por favor, Perseu. – Clímene sentou-se na ponta da cama. –Diga-me, o que o rei disse? O que ele fez?

Ainda assim, Perseu não conseguia encontrar palavras para admitir sua estupidez. Voltou para casa sem a mãe; evidência suficiente de que Polidectes frustrara seus planos, mas, até agora, Perseu respondera a todas as perguntas de seus pais adotivos com silêncio. Apenas depois de mais vinho do que já havia bebido de uma vez antes, Perseu confessou o que tinha prometido para o rei Polidectes e sua mãe como presente de casamento.

Primeiro, sua revelação foi recebida com silêncio, depois seguiu-se uma explosão digna dos próprios olímpicos.

– Você é um tolo, menino. Um garoto tolo, tolo. Para que fazer tal promessa? O que deu em você? – Em seus dezoito anos de vida, Perseu nunca tinha ouvido a voz de Díctis tão cheia de fúria, enquanto ele cuspia as palavras em seu rosto. – Quem esperava salvar com essa empreitada?

– Você simplesmente deixaria que ele a tomasse? – O vinho empastava as palavras de Perseu. – Deixaria que levasse minha mãe como se ela fosse um touro, à venda para quem possa pagar o preço mais alto?

– Que diferença isso vai fazer? Ele é um rei, Perseu. Meu irmão terá sua mãe de qualquer maneira. Agora ele adicionou sua vida ao negócio.

– Não necessariamente. É possível que eu não fracasse. Sou um semideus. – Sua defesa foi fraca. O vinho que chacoalhava em sua barriga era a única fonte de sua falsa confiança. – Eu sou filho de Zeus.

– E tem a arrogância de seu pai. Por favor, Perseu. – Díctis ergueu a mão e tocou o ombro do menino. Ele se curvou na derrota e na velhice. – Pense em sua mãe?

– O que acha que eu estava fazendo? Eu só penso nela. Ela é a razão disso. Era ela quem eu estava tentando proteger.

*

Em retrospectiva, ele percebeu que tinha caído direto no jogo de Polidectes. O convite para o banquete viera na lua cheia anterior. Perseu quis recusar, mas até ele compreendeu que a simples tática da evasão não funcionaria para sempre. Polidectes já havia se encontrado com Dânae em mais de uma ocasião e, embora ela sempre se vestisse da maneira mais simples e tentasse ao máximo recusar seus avanços, foi em vão.

– Ele anunciará que vocês vão se casar – disse Perseu, na noite anterior à partida. – Ele vai anunciar isso em público, para que você não possa negar sem fazê-lo parecer um tolo.

– Não duvido disso. – Dânae tinha sido tão direta em sua resposta.

– Então por que irá?

– Estar nas boas graças pode levá-lo longe, Perseu – respondeu a mãe. – Mesmo com um homem como Polidectes. – Perseu duvidou que fosse verdade, embora tenha ficado calado, apenas por respeito à mãe.

No dia em que partiram, a casa estava vazia. Díctis estava fora em seu barco desde o amanhecer, embora Perseu acreditasse que era mais para evitá-los do que por precisar de mais peixes. Clímene tinha levado um cataplasma de ervas para o vizinho cuja pele se recusava a cicatrizar depois de se machucar no mar, e ela também tinha passado o dia fora. A casa, outrora espaçosa, tinha se tornado cavernosa, pois parecia que nada que ele dissesse conseguia alcançar os ouvidos da mãe.

– Eu vou. – Ele tentou uma abordagem diferente. – Vou dizer que você está doente com uma febre. Podemos mantê-la escondida desse modo. Como aquela velha que Clímene visita, cuja febre dura desde a última festa de Ares.

– Perseu...

– Não pode ir a um banquete dele. Sabe que ele o fará. Ele irá anunciar e você estará presa. Unida a esse rei tirano.

– Perseu, meu querido. – O toque de Dânae era tão gentil quanto uma pétala sobre sua pele. – Você é um rapaz forte. Um homem inteligente, mas sabe tão pouco do mundo. Passei minha juventude cativa em uma torre.

– Eu sei disso, mãe. – O revirar de olhos dele fez um sorriso lampejar nos lábios da mãe.

– Bem, então você sabe que durante aqueles anos, acreditei que estava abandonada. Que os deuses tinham me abandonado. Que nunca mais andaria no chão ou sentiria a brisa no rosto. Então, tive você. Meu lindo menino, eu temi tanto por nós dois. Há tantas maneiras nas quais minha história poderia ter terminado. Meu pai poderia ter escolhido uma faca em vez do mar e do baú. Poderíamos ter morrido nas mãos de Cila ou Laomedonte. Mas não houve faca e as águas foram acalmadas por Poseidon. Chegamos aqui, onde o homem mais bondoso de toda a ilha nos acolheu sem questionamentos. De todos os meus medos não veio nada além de alegria. Dei à luz e criei o mais belo de todos os filhos de Zeus. – Seu discurso foi interrompido enquanto seu olhar se manteve em Perseu. – Talvez os deuses sejam generosos comigo mais uma vez. Ou talvez acreditem que meu tempo de luxo chegou ao fim. De qualquer maneira, não importa. Preciso fazer isso. Tenho que ir até ele. E gostaria de tê-lo ao meu lado enquanto estiver lá.

E assim, cavalgaram a extensão de Serifos para jantar à mesa de Polidectes.

O banquete foi diferente de qualquer outro que Perseu já havia experimentado. Mesas gigantescas de mogno escuro pintadas com laca estavam adornadas com uma miríade de iguarias. Tantas carnes, de aves, animais terrestres e peixes, de tamanhos e cores que Perseu só podia ter imaginado. Antes disso, ele se considerava um bom pescador, abençoado por Poseidon e pelas Nereidas. Agora, temia estar enganado; peixes daquele tamanho teriam rompido suas redes. A terra havia concedido uma colheita completa, e Polidectes colheu tudo.

– Você vai se sentar ao meu lado. – Polidectes apertou sua mão enrugada ao redor do pulso de Dânae. Foi um gesto aparentemente gentil, embora Perseu tenha notado como a pele sob a ponta dos dedos

embranqueceu com a pressão e como os lábios de sua mãe empalide-
ceram ao se abrirem em um sorriso.

– O senhor nos honra, sua majestade – respondeu ela.

Perseu, ao contrário, manteve-se em silêncio.

Polidectes mastigava sua comida devagar, triturando com cuidado
cada porção até formar uma polpa. Cada centímetro de seu rosto que
podia ser visto sob o emaranhado de cabelos brancos e grossos estava
enrugado e marcado, com a pele tão fina que parecia que poderia ser
levada por um vento forte. Apesar da idade, tinha uma gargalhada
forte, vinda da barriga, que exibia os dentes amarelados e produzia
borrifos de gordura e vinho, que se espalhavam no ar à sua volta ou
então se grudavam aos pelos da barba. Perseu havia sido acomodado
na mesma mesa, apenas dois assentos abaixo do rei idoso, cercado
por duas moças. Uma delas tinha pele de mármore e cabelos salpi-
cados de ouro, que brilhavam como se tivessem recebido o direito do
próprio Hélio. A pele da outra era da cor de uma castanha torrada e
de um tom rosado como framboesa nos lábios. Em qualquer outro
momento, as duas mulheres teriam sido a distração que Polidectes
desejava, mas, para Perseu, havia apenas uma mulher à mesa, e seus
olhos se recusavam a se afastar dela.

Durante anos, ouvira as histórias de Dânae sobre Argos; de como
ela havia jantado em banquetes e entretido os ricos da ilha, porém
nunca antes tinha visto esse lado dela. Ele só havia visto o lado que
limpava peixes, esfregava pisos e limpava conchas depois de terem
comido o conteúdo. Qualquer esperança que tivesse de Polidectes
se desinteressar por sua mãe era um sonho, percebeu, enquanto ela
sorria com recato e atraía o olhar de todos ao seu redor. Teria que
haver outra maneira.

Quando retiraram as carnes, trouxeram queijo e figos e azeitonas
cobertas de mel para substituí-las. Como eram muito mais doces do que

quaisquer outros que cresciam nas encostas ao lado deles, Perseu teve que se perguntar como um rei conseguia adquirir tais itens, embora a aquisição, compreendeu, fosse a especialidade de Polidectes.

Quando os dedos haviam sido lambidos para limpar o néctar, e vinho fresco tinha sido trazido à mesa, Polidectes desviou os olhos de Dânae e os fixou no filho dela.

– Perseu. – Sua taça estava cheia demais e o vinho espirrou sobre a mesa. Um servo limpou-o depressa. – Ouvi dizer que você é filho de Zeus.

Risadas animadas irromperam das garotas ao seu lado.

– Foi o que ouvi dizer – ele respondeu sem um pingo da animosidade que sentia. – Embora meu pai não tenha me feito nenhum favor.

Polidectes franziu a testa.

– Nenhum favor? Você está jantando à mesa de um rei. Certamente os deuses devem ter um papel em um destino tão afortunado.

A pressão na boca de Perseu fez com que seus músculos se flexionassem e se contraíssem.

– O senhor tem razão – respondeu ele. – Fomos afortunados. Tivemos a sorte de morar com um homem como Díctis.

Polidectes bufou.

– Sorte na casa de um pescador? Tenho certeza de que o filho de Zeus não poderia se contentar com uma vida tão humilde.

– A vida humilde não nos deu razão para reclamar – comentou Perseu. – Para todos os efeitos, devemos ser mais felizes entre os prazeres simples da vida.

Os olhos de Polidectes se estreitaram, um pensamento visivelmente se agitava por trás de suas pupilas. Um segundo depois, ele jogou a cabeça para trás em uma risada.

– Talvez as ervas que a esposa bruxa dele colocou em seu chá tenham confundido seu cérebro. – Ele bateu com a taça na mesa e mais vinho se derramou em sua túnica. Os convidados riram em um acordo estridente; ou pelo menos, aparentando isso. Num instante, um homem estava ao lado do rei, enchendo a taça e secando a mesa.

– Bem, você será abençoado em breve, jovem Perseu. Enteado do rei de Serifos. Uma grande honra a ser lançada sobre um bastardo esquecido, não é?

Em um instante, um silêncio se abateu sobre a sala. Olhos que apenas um momento atrás estavam franzidos em riso, agora moviam-se com nervosismo, as chamas das lamparinas a óleo oscilaram na quietude. Podia ser um filho bastardo, mas ainda era o filho bastardo de Zeus. Se Polidectes viu a fúria e o medo lampejarem em seu rosto, não demonstrou. Esse era o rei em público, Perseu considerou, mordendo a língua com tanta força que podia sentir o gosto do sangue. Essa era a melhor forma como conseguia se apresentar para sua nova noiva. Apenas os deuses podiam imaginar o quão mais hediondo ele era capaz de ser na privacidade de seus aposentos.

– Você aprova, presumo – continuou Polidectes. – Este casamento para sua mãe, na idade dela, é uma grande bênção. Uma honra. Ela encontrou um pretendente notável, não concorda?

Se os homens de Polidectes admiravam ou não seu rei, isso fazia pouca diferença para o fato de serem seus homens. Guardas com suas lanças marteladas e parentes com facas escondidas o cercavam, rostos estampados com falsos sorrisos. Havia só uma resposta que Perseu poderia dar.

– Naturalmente, que filho poderia desejar mais? – A resposta foi recebida com um inconfundível sorriso de escárnio de Polidectes.

– Já ganhei duas dúzias de cavalos como presentes de casamento. Já ouviu falar de tal coisa? – Ele dirigiu sua pergunta brevemente para Dânae antes de voltar sua atenção para Perseu. – Ser presenteado com tais coisas antes mesmo de uma data para a união ser marcada.

– Gostaria apenas de poder lhe oferecer um presente digno de tal união – Perseu respondeu. – No entanto, pergunto-me que presente poderia ser.

Uma observação tão leve dita com tanta facilidade e compostura que, por um segundo, Perseu não viu a armadilha à espera. O brilho induzido pelo vinho desapareceu dos olhos de Polidectes em um instante, seus dentes amarelados ficaram totalmente visíveis em seu sorriso de escárnio.

– Há um presente que você pode me trazer – declarou ele.

*

Palavras foram trocadas. Brindes feitos, e a cortina de destruição iminente caiu sobre Perseu, tão tangível e pesada quanto o manto em suas costas. A cabeça da górgona Medusa seria o presente de casamento de Perseu. A cabeça de uma criatura milenar que assassinara milhares de homens inocentes. Seu coração retumbava devido à armadilha na qual havia caído. Deveria partir assim que tivesse preparado um navio. E no dia de seu retorno, sua mãe se casaria com Polidectes. Foi o que Polidectes prometera. Só que ninguém jamais voltou da ilha da Medusa, e o rei tirano sabia disso muito bem. Um plano simples para se livrar de um enteado indesejado. No entanto, Perseu, talvez por ingenuidade, traçou o próprio plano. Ele pegaria a cabeça da górgona como Polidectes havia solicitado e, então, usaria o presente de casamento contra o rei, libertando Serifos de seu reinado malévolo.

CAPÍTULO VINTE

Nos dias em que se preparava para zarpar, o coração de Perseu ficou pesado com seu destino iminente. Em contraste, sua cabeça ficou embotada com o vinho que ele usou para evitar pensar naquilo.

– Vai levar meu barco – declarou Díctis. – É pequeno, mas resistente. E é o melhor que encontrará nesta ponta da ilha. Mas vai precisar encontrar uma tripulação. Seis homens devem bastar. E escolha com sabedoria. O temperamento de um homem em terra seca raramente é o mesmo daquele que deve suportar tempestade após tempestade.

Seu padrasto havia falado com firmeza e autoridade, em vez da amargura à qual tinha todo o direito. Isso por si só foi o suficiente para agitar ainda mais a culpa do suprimento interminável que Perseu descobriu possuir. Nenhuma palavra veio da mãe, e cada hora que se passava sem notícias apenas multiplicava a culpa e o medo. Perseu assentiu, calado, às instruções de Díctis, os efeitos do vinho da noite anterior diminuíam sua compreensão.

– Não posso pegar seu barco. – Ele percebeu que não havia dado uma resposta. – É o seu sustento. Precisa dele. Não poderá pescar sem ele.

– É mesmo? Eu não tinha pensado nisso. – Díctis sorriu com uma cordialidade que Perseu não conseguiu retribuir. – Está tudo bem. Temos o suficiente por enquanto. E com duas bocas a menos para alimentar, o que temos durará o dobro. Provavelmente quatro vezes mais dada a quantidade que você consome. – Seu sorriso continuou e, dessa vez, Perseu se permitiu um breve sorriso, mesmo que apenas para agradar o padrasto.

– É muita gentileza sua oferecer, mas não posso – respondeu, com o sorriso já desaparecido. – Você precisa dele. Esta jornada é longa. E se eu não… se eu não for… – Perseu engoliu o nó que se alojou em sua garganta. – É possível que eu… como sabe. – Que herói, zombou de si mesmo. Que herói a quem a mera ideia de morrer era suficiente para fazê-lo suar. Forçou os ombros para trás e endireitou a coluna. – Esta jornada pode levar muitos anos – voltou a falar. – Não posso deixar que você fique tanto tempo sem poder se sustentar.

– Bem, então talvez eu entre para a construção naval – respondeu Díctis. – Estes braços ainda têm muita força. Não sou o homem murcho em que meu irmão se tornou. – Ele tocou o ombro de Perseu, seu jeito irreverente tinha sumido. – Não se preocupe comigo, Perseu. Clímene e eu enfrentamos muitas tempestades em nossa vida.

Sabendo que não tinha outra escolha, Perseu concordou com a oferta.

A generosidade de sua família não parou por aí. Clímene insistiu em abastecer Perseu e seus homens com todo o peixe seco, frutas e grãos possível, levando a aldeia a se unir para fazer com que os estoques do pequeno barco estivessem cheios.

– Vai ser um trabalho árduo no mar – declarou ela, olhando para ele com a mesma ternura maternal que sempre lhe concedera. – E sei que não é muito, mas temos algumas peças; um pouco de ouro e prata que você pode usar para negociar, se precisar.

Perseu balançou a cabeça.

– Não posso tirar mais nada de vocês – recusou, empurrando os itens de volta para as mãos de Clímene. Os olhos dela brilharam de leve à luz.

– Perseu, poderíamos dar a você tudo o que possuímos, e ainda assim não seria suficiente para retribuir os anos em que você me deu o presente de tê-lo como filho. Seu pai também sente o mesmo. Você sabe disso.

O nó que havia se tornado uma parte constante da sua garganta nos últimos dias começou a crescer ainda mais, bloqueando o ar para seus pulmões e fazendo seus olhos arderem com lágrimas. Ainda assim, ele recusou os presentes. Demorou apenas alguns dias para Perseu encontrar uma tripulação e, embora ansiosos, eles eram mais jovens do que esperava.

– Não é nenhuma surpresa – dissera a Díctis, enquanto caminhavam juntos para o porto na manhã marcada para sua partida. – Qualquer homem mais velho tem filhos e uma esposa que não deseja tornar viúva, ou apenas são sensatos o suficiente para saber que nada de bom virá disto.

– Não perca a fé – Clímene enlaçou o braço dela no seu, enquanto andava. – Lembre-se, quer pensemos em você como nosso ou não, você é o filho de Zeus. Os deuses estão do seu lado.

– Seria bom ver evidências de tal fato – respondeu ele, contrariado.

A essa altura, a notícia da busca de Perseu havia se espalhado por Serifos e, desse modo, ele não ficou surpreso ao ouvir falar de uma multidão se reunindo no porto. Seria uma despedida agridoce, pensou. O único breve momento antes do evento em que podia aproveitar a glória que um verdadeiro herói sentia. Ele deveria gostar, pensou. Ou pelo menos fingir.

Apesar de ter ouvido os rumores de uma despedida, Perseu não estava preparado para a visão que se abriu diante de si quando dobrou a esquina para o porto.

– Isso tudo não pode ser para mim, certo? – O nervosismo e preocupação que haviam assediado seu corpo desde a manhã deram lugar à confusão. A multidão que via era tão grande quanto qualquer outra que se reuniria em um festival para os deuses, com o que parecia ser toda a ilha aglomerada à beira-mar. Na parte de trás, muitos esticavam o pescoço, ficavam na ponta dos pés ou colocavam os filhos sobre os ombros para ter uma visão melhor e, das colinas, outros ainda desciam correndo para se juntar a eles.

– Tenho que passar. – Perseu afastou um homem na beirada da aglomeração com a mão. – Preciso chegar ao meu barco. – O homem virou a cabeça depressa, apenas para girá-la de volta e tentar ter uma visão melhor do mar e do barco. Um som de clique viajou por seu crânio, quando Perseu moveu sua mandíbula de um lado para o outro. – Você me ouviu? Preciso passar. Meu barco. Minha tripulação. Tenho que me apressar.

Fosse qual fosse o motivo da agitação, Perseu levou apenas um minuto para perceber que ele não era a causa.

– Não vou mais pedir – declarou e começou a abrir caminho pela multidão a cotoveladas. Só quando chegou ao meio da multidão e descobriu que a metade da frente da congregação havia caído de joelhos, ele percebeu a origem do furor.

– Irmão, você chegou.

*

O céu cerúleo era opaco em comparação com a forma como ela brilhava. Trajada de cinza, ainda mais radiante que Hélio, aproximou-se dele pela costa, sem deixar marcas de pegadas na areia.

– Abram caminho. Abram caminho para meu irmão – falou ela mais uma vez, e Perseu sentiu o peso em seus ombros diminuir e dobrar no mesmo momento.

– Palas Athena? – O nome surgiu como uma pergunta, pois ele questionava como era possível que a deusa da sabedoria, a mais poderosa das guerreiras e patrona dos maiores heróis, pudesse estar nas praias de Serifos, dirigindo-se a ele como seu parente. Os olhos dela cintilavam. Um momento depois, ele caiu de joelhos.

– Perseu. – Ela estendeu a mão para baixo e puxou-o para voltar a ficar de pé. Seu toque era leve como o ar, mas, por trás dele, havia a força de um olímpico. – Devemos ir. Sua tripulação está à sua espera. – Depois, com um sorriso irônico, ela inclinou o queixo em direção ao oceano atrás de si.

Perseu já tinha visto navios grandes antes. Menos de uma semana atrás, ele estivera parado no porto do palácio de Polidectes, e nuvens brancas rolavam acima dele, enquanto observava, em parte admirado e em parte beligerante, a frota do rei. Havia pensado em Díctis naquele dia. Quão minúscula e insignificante a embarcação dele pareceria em comparação. Mas o navio diante de si agora era algo realmente magnífico de se ver.

Caso voltasse da viagem, aquele seria seu presente para Díctis por seus anos de adoção. Aquele navio. E sua recompensa de seu herói, uma tripulação que sempre estaria à disposição de seu amado padrasto. Sob seus mastros altos, homens vestidos com armaduras seguravam os remos ou então caminhavam de um lado para o outro do navio, barris e cordas jogados sem esforço sobre seus ombros. Aqueles não eram a meia dúzia de homens que selecionara, mas duas dúzias de guerreiros.

Feras em forma de homens. Perseu empalideceu. Como filho de Zeus, tinha sido fácil dar sua força como certa em uma ilha como Serifos. Desde os oito anos de idade, era tão forte quanto qualquer homem que encontrara. Aquela seria a primeira vez que teria sua linhagem testada.

– Devemos embarcar. – As palavras de Athena o tiraram de seus pensamentos. – O tempo urge, presumo.

Ele acenou com a cabeça, concordando, seus olhos ainda focados no navio por mais um momento. O vento aumentou um pouco, fazendo com que as velas ondulassem e inflassem. Perseu virou a cabeça para a multidão na praia, procurando entre os olhos incrédulos, todos ainda observavam Athena com admiração. Sua irmã. Entre as figuras, encontrou a mão erguida de Díctis. Seu coração deu um salto no peito. Se havia uma imagem que levaria consigo e da qual extrairia forças, uma imagem da vida para a qual desejava retornar, seria aquela. Com um sorriso de reconhecimento, seus olhos encontraram os do padrasto, e ofereceu a ele um único aceno de cabeça

– Por sua mãe – murmurou Díctis.

– Por minha mãe – declarou Perseu.

CAPÍTULO VINTE E UM

Perseu pegou os remos e remou da costa até o navio à espera. Sua irmã – ele permitiu que a palavra desse voltas em sua mente – estava ao leme, os braços nus, dourados, e seu quíton cinzento, imóvel na brisa. Nenhuma outra palavra foi trocada quando embarcaram no grande navio e seguiram para mar aberto. Perseu observou os homens, o suor reluzia em seus braços. Não sabia de que ilha os homens tinham vindo – se vinham de alguma ilha. Era possível que viessem de todas as regiões da Hélade. Sem dúvida, um grupo selecionado pela própria deusa. Talvez houvesse heróis entre eles. Alguns mais dignos do que ele, que arriscariam fitar o olhar da górgona. Afinal, a única exigência de Polidectes era que Perseu lhe trouxesse a cabeça da Medusa. Ele não especificou que tinha que ser ele a cortá-la.

– A tripulação é sua – disse Athena, como se estivesse lendo sua mente. – Quando eu partir, seguirão seu comando. Eles conhecem o caminho para a ilha da górgona.

– Então talvez um deles deva estar no comando – falou Perseu, em tom de apenas meia brincadeira. Athena notou e sorriu.

– E suponho que você também queira que eles mesmos cortem a cabeça da Medusa? – A cor de suas bochechas traiu seus pensamentos anteriores. – A górgona é antiga e astuta, nenhum mortal pode enfrentá-la – explicou ela, poupando Perseu da vergonha de responder a sua pergunta anterior. – Muitos tentaram. Ninguém conseguiu. Mas eram apenas mortais; nenhum filho de Zeus tentou tal ato.

Perseu voltou seu olhar para o oceano. No horizonte, uma pequena mancha de terra marcava sua última visão de Serifos. Ele só retornaria se tivesse sucesso. Não haveria outro lar para ele agora. A umidade do ar foi quebrada pelo vento que enchia suas velas. Por ora, os remos dos homens eram supérfluos e eles se ocupavam pelo convés. Por quanto tempo seriam abençoados com bons ventos, Perseu não ousava perguntar. Era melhor aceitar os presentes dos deuses e ficar em silêncio do que arriscar sua ira buscando mais.

– As górgonas – falou em vez disso. – Como ficaram assim? Foi um castigo dos deuses?

– Um castigo? – Um minúsculo tremor perturbou o tom da deusa. – Por que diz isso? O que ouviu sobre a criação delas?

– Só ouvi dizer que nasceram assim. Que as três criaturas são quase tão antigas quanto os próprios deuses.

– Então por que questionaria isso? – O tremor em sua voz não era mais suave. Sua inflexão estava mais brusca. Um golpe sólido. Os ventos aumentaram. Homens correram para o estai da proa e prenderam as velas.

– Na minha ilha há discussões sobre a linhagem delas. Se Tífon e Equidna ou Fórcis e Ceto geraram ou não as feras.

– Isso importa? Sua tarefa, pelo que entendi, é cortar a cabeça dela. Isso é tudo.

– Deusa, não quis ofender. Sei que os deuses são justos e bons em suas ações. Eu só queria aprender o máximo possível sobre minha inimiga. Isso é o que um bom herói faz, não é? Aprende as fraquezas de seu oponente.

A face de Athena se suavizou em um sorriso, embora seu olhar ainda trouxesse o brilho da desconfiança. Seus lábios se apertaram em uma linha antes de ela virar a cabeça para a mesma mancha de terra – agora pouco mais que um ponto – na qual os olhos dele estiveram focados apenas alguns minutos antes.

– Posso contar o que sei sobre a górgona Medusa. – Seus olhos permaneceram no oceano enquanto ela falava. – Posso dizer que milênios de isolamento criam feras contra as quais o pensamento racional não prevalecerá mais. Ela pode falar a mesma linguagem que um humano, mas há tanta humanidade correndo nas veias dela quanto há nutrição no veneno das víboras que se enrolam em seu couro cabeludo. Posso dizer que ela sente prazer em cada morte, brincando com suas vítimas como um gato brinca com um rato. Claro, um rato com uma perna ferida pode escapar do gato para morrer em algum canto escondido de um campo em seus próprios termos. Não existe tal bênção para as vítimas de Medusa. Nenhum momento de solidão assim. – Ela voltou os olhos para Perseu. O brilho cinza havia desaparecido, substituído por algo ainda mais sombrio. – Ela não é humana. Ela nunca foi humana. Não se engane pensando o contrário. Ela não vai cair em truques humanos. Ela já viu de tudo e derrotou todos.

Arrepios se espalharam por toda pele de Perseu.

– Então, se for esse o caso, como vou derrotá-la?

– Com isto. – Athena sorriu.

CAPÍTULO VINTE E DOIS

— Mais um herói sujando sua túnica antes mesmo de levantar a espada. – Euríale riu, chutando a estátua enquanto acariciava uma das serpentes que se enrolava ao redor de seu pescoço. Arqueando as costas, estalou e alongou as asas, então as dobrou de novo.

Lá fora soavam os grasnidos estridentes das aves marinhas. O tamborilar incessante da chuva na ilha. Normalmente, a chuva impedia o fluxo de heróis, mas aqueles barcos já deviam ter navegado longe demais para pensar em voltar.

— Eles estão cada vez mais fracos. – Esteno cutucou onde as pernas do homem deveriam estar, agora escondidas em uma saia de pedra. – Imitações patéticas de homens.

— Pelo menos este conseguiu atravessar o jardim. – Euríale pôs a mão ao redor da bochecha dele, inclinando a cabeça enquanto a examinava.

— Apenas porque nós permitimos. – Esticando o dedo, Esteno esculpiu com a unha uma linha na pedra onde costumava estar o coração. O som ressoou nas paredes ao redor delas. – Quando vão nos enviar um herói de verdade? Um que nos desafie. Talvez até consiga cortar sua garganta.

– A minha? Acho que você descobriria que seria a sua que eles atacariam primeiro. Mesmo um predador ruim pode localizar o fracote do bando.

– Ah, você quem pensa, irmã.

Berros e ganidos irromperam quando as duas irmãs górgonas avançaram uma contra a outra. Garras, presas e escamas faiscaram à penumbra da caverna. Cada golpe retumbava mais alto, sacudindo as pequenas pedras e o cascalho no chão. O homem foi esquecido. Na luta, sua figura foi atingida no tronco pelo bater de uma asa. Ele oscilou, tombou, depois caiu e se estilhaçou ao redor delas.

– Basta!

As irmãs se encolheram nas sombras, com as línguas bifurcadas sondando o ar em direção à Medusa. Com o passar dos anos, ela se tornara insensível ao ódio das duas. Era merecido. Se ela tivesse fugido de casa como sabia que deveria ter feito após a morte dos pais, elas simplesmente teriam ficado órfãs. Uma vida difícil, sim, porém uma vida. Com uma duração mortal. Um fim mortal. Milênios haviam se passado, ainda assim as cicatrizes das suas ações ainda não haviam desaparecido.

– Fora daqui, as duas! Preciso de paz. – Naquela caverna pelo menos, ela tinha domínio. Mesmo assim, suas palavras foram recebidas por um coro de silvos. – Não me ouviram? Eu disse fora.

Ela exibiu as próprias presas, fixando o olhar nos olhos vermelhos de Euríale. No silêncio, redemoinhos de poeira giravam ao seu redor. Lá fora, o tamborilar da chuva se intensificou. Medusa desejou que suas cobras fizessem silêncio, pois sibilar e atacar só ia irritar ainda mais a irmã.

Quando Euríale finalmente falou com Esteno, era como se Medusa nem estivesse presente.

–Venha, vamos ver o que o dia trouxe – chamou ela. – Talvez o pai tenha nos enviado um navio perdido. – Seus olhos cintilaram.

Medusa se forçou a engolir a ardência cáustica da bílis quando a sentiu subir por sua garganta.

– Talvez ele tenha nos enviado muitos – respondeu Esteno.

Pai. Elas tinham começado a usar o termo para o deus do mar como forma de zombaria – o estupro de Medusa por Poseidon como uma fonte de consolo para elas; talvez por ela ter sofrido pelo menos uma humilhação que elas não sofreram. Com o passar dos anos, sua zombaria, assim como sua compaixão, havia desaparecido e, agora, quando pronunciavam esse nome, era a sério. Elas o louvavam pelo que lhes trazia. Pelos heróis que ele guiava até suas praias para seu entretenimento. Por mais que tentasse, Medusa não tinha escolha a não ser desprezá-las por isso.

Com palavras maldosas, as irmãs correram para fora, raspando suas garras nas paredes da caverna enquanto avançavam. O som do bater de asas veio como uma bênção e uma maldição. Com frequência, desapareciam por dias a fio, às vezes semanas, meses. Certa vez, passaram quase um ano inteiro longe e, quando voltaram, falaram como se nem tivessem notado sua ausência entre elas. Afinal, o que era um ano para quem tinha vivido milênios? Verões, invernos, estações eram como a passagem de um dia.

Medusa poderia ter desejado que elas desaparecessem para sempre, não fosse pelas consequências que se abateram sobre ela em sua ausência.

Ela não se importava em ser condenada ao ostracismo como antes. A companhia de suas serpentes, embora mudas e sempre se retorcendo, era um consolo maior do que as irmãs poderiam ser agora. Mas sentiu saudade delas quando se foram. Pois sem as górgonas aladas, coube à Medusa lidar com os heróis.

Por anos, ela tentou argumentar com eles. Implorar aos homens que vinham armados com espadas e punhais para acabar com sua vida.

– Por favor, voltem. Voltem agora. – Ela se escondia nas sombras e falava a distância. – Vocês podem se salvar. Por favor, voltem.

Muitas vezes, eles riam. A arrogância dos homens não lhes permitia receber ordens de uma mulher. Mesmo de uma que tinha dois mil anos e era capaz de acabar com a vida deles. E ela acabava com a vida deles, todas as vezes. Ela tentava não o fazer. Por anos permaneceu com os olhos fechados, esperando que alguém fosse rápido o suficiente para superar as mandíbulas de suas serpentes antes que elas se esticassem para dar o bote e perfurassem a pele dela com suas presas. Às vezes, elas também atacavam os homens, mas em geral suas presas eram usadas apenas contra sua senhora. Pescoço, ombros, o pequeno trecho de pele macia que ainda permanecia atrás de suas orelhas; elas sabiam o local exato que forçaria seus olhos a se abrirem por reflexo. Todas as vezes, sua manobra funcionava, e todas as vezes, em quem quer que seu olhar pousasse, era condenado a uma eternidade como pedra. Ela tentou colocar vendas nos olhos, feitas de pedaços de material que se prenderam às rochas quando os homens recuaram, porém, mais uma vez, as serpentes se recusaram a permitir isso, rasgando o pano com os dentes até que restassem apenas fiapos.

Ela teria tentado a morte no mar, como as irmãs, mas sabia que Poseidon nunca lhe concederia tal luxo. Uma queda dos penhascos, suspeitava, teria um resgate por algum milagre dos deuses. Ela estava, como sempre esteve, à mercê deles.

Portanto, agora, quando as irmãs partiram, esperou que os heróis viessem, fazendo vigília em frente à caverna, no pequeno trecho de vegetação que as irmãs chamavam *de jardim*. Uma morte rápida, com o mínimo de medo possível, era tudo o que podia oferecer a eles agora.

CAPÍTULO VINTE E TRÊS

O s dias no mar o transformaram em um semideus merecedor desse título, embora não sem muito trabalho e suor. Athena colocou entre sua tripulação dois guerreiros de Esparta; um homem esguio, cujos pés se moviam com mais agilidade do que os de um gato; o outro, com quase o dobro do tamanho, que poderia derrubar um homem como Perseu com uma das mãos. Durante horas, todas as manhãs, enquanto a tripulação cuidava do navio, Perseu treinava com eles. Dia após dia, sob tempestades e sol escaldante, suportou golpe após golpe enquanto buscava desenvolver as habilidades que eles levaram anos para conquistar. Todas as manhãs, eles estavam de pé antes de Perseu acordar, prontos para ministrar suas lições. Sua pele era rasgada várias vezes. Suas pernas, seus ombros; nenhuma parte de seu corpo estava imune às armas dos dois. O nó de seus dedos se enrijeceu e fortaleceu, e a palma de suas mãos ficou calejada e marcada conforme era desarmado repetidas vezes e forçado a lutar apenas com as mãos. Seu nariz, ele temia, nunca mais voltaria à sua forma original. Ele ia para a cama com os membros doloridos, roxos pelos hematomas e marrons com sangue seco, e acordava todas as manhãs pronto para treinar ainda mais duro.

Não demorou muito para ele decidir pelo xifo como sua arma. O som da espada de dois gumes ao cortar o ar tornou-se para ele tão rítmico quanto os remos contra o mar. O baque surdo ao atingir a armadura de seu oponente – cada vez mais frequente a cada dia que passava – tão melódico quanto a tordoveia. Ele se tornou mais rápido, mais forte, mais ágil. Aprendeu a ler os movimentos de seus dois oponentes, uma contração da coxa, um movimento do dedo. Logo, estava pedindo a outros membros da tripulação que se juntassem a eles. Para igualar o campo. Três, quatro, cinco contra um. Logo, Perseu conseguia enfrentar todos eles.

O tempo que passava longe dos treinos era passado aprendendo.

– Que ilha é aquela? – perguntava aos homens quando uma nova mancha aparecia no horizonte. Contavam-lhe, e ele anotava, não só a localização, mas também as paisagens, os portos e as aldeias visíveis do mar. Populações. Templos. Reis e os deuses que os favoreceram. Ele estudava os mapas, marcando os lugares que sabia serem traiçoeiros pelas histórias que Díctis lhes contara à mesa do jantar e, acrescentando a isso, o conhecimento dos homens, cada um dos quais tinha muito mais experiência do que ele. De vez em quando, sempre que surgia a oportunidade, lançava uma rede pela lateral da embarcação e pegava peixes para seus homens.

– Todos esses músculos para limpar um peixe – comentou um homem, enquanto Perseu apontava sua faca para a barriga de uma sarda que havia apanhado em sua rede. A sensação da lâmina nas escamas era uma lembrança terna de casa. – Talvez Athena prefira conceder seu patrocínio a um de nós.

– Talvez eu possa ver o quão boa a habilidade de eviscerar serve em um homem? – respondeu Perseu, tirando a faca do peixe. – Você se voluntaria para o cargo?

Risos correram entre os homens. Depois de comerem, conversaram sobre esposas, e famílias, e mulheres que não eram suas esposas, mas por quem suas famílias tinham sido ampliadas.

Na noite em que o segundo irmão de Perseu o visitou, ele sentiu a atração de Serifos mais forte do que nunca. A falta de cigarras ou de gritos de crianças criava um mal-estar que não conseguia afastar, enquanto as gargalhadas dos homens do outro lado do barco apenas aumentavam a sua sensação de isolamento. Com o tempo, conquistara o respeito e a amizade deles, mas seus laços, até então, não haviam sofrido nenhuma adversidade. Suas histórias compartilhadas cobriam meses, não anos nem décadas. Se ele os deixasse naquela noite, não haveria nenhuma enorme lacuna na vida deles; talvez apenas uma leve melancolia por cerca de uma hora. Naquela noite, a saudade de casa o atingiu dolorosamente, a enormidade e o absurdo do que se comprometeu a fazer se espalhou por ele como as bebidas amargas nas quais desejava afogar suas mágoas.

Ele havia se separado da tripulação e estava sozinho em seus aposentos, uma taça cheia de vinho repousava sobre a mesa. Desde que embarcara, mal bebera um gole, cuidando de manter sua mente afiada para a viagem, mas, naquela noite, o calor opressivo e a angústia crescente o levaram a se servir de um sabor mais fresco. No entanto, um gole tinha sido o suficiente, e agora sua bebida esperava sem receber atenção, como todas as outras tarefas que havia estabelecido para si mesmo naquela noite.

Eles tinham viajado muito menos naquele dia do que ele esperava. Pela primeira vez em sua viagem, os ventos diminuíram e os homens foram forçados a usar cada vez mais as próprias forças para mantê-los no curso e impulsioná-los adiante. Com isso, veio mais uma vez a percepção de que, mesmo com Palas Athena ao seu lado, a jornada não era fácil. Franzindo os lábios, olhou para seu reflexo. Seu cabelo tinha ficado mais loiro por causa do sal e do sol, seus ombros, mais largos por causa do treinamento, e a barba por fazer que adornava sua face agora parecia mais a de um homem do que a de um garoto. Empurrando-se para fora do assento, passou pela mesa e tirou o item espelhado da parede. Era isso, o presente de Athena. Sua única arma contra a Medusa. Um escudo, polido em um espelho perfeito.

— Dessa forma, poderá ver onde a górgona dorme, sem arriscar que ela olhe diretamente para você — Athena havia dito a ele.

— Devo matá-la durante o sono? — Perseu questionou. — Isso não seria injusto?

— Ela é um monstro, irmão, não um cervo que você perseguiu pela floresta. Vai matá-la como puder, mas eu não arriscaria um momento em que os olhos dela estivessem abertos.

Assentindo enquanto ouvia, ele passou a mão sobre a prata polida, na esperança que, de alguma forma, as respostas estivessem escondidas sob sua superfície. Naquela noite, repetiu os mesmos movimentos circulares.

Com um grunhido pesado, Perseu pendurou o escudo de volta na parede, abandonou seus aposentos e se dirigiu para o convés.

O calor da noite era igualmente opressivo ao ar livre, sem nenhuma brisa suave ou ondular das velas para refrescá-lo. Ele pensou em pular no mar, mergulhando na água fria por apenas um momento de alívio. Afinal, ventos fracos deviam ser bons para alguma coisa, e ele nadava muito bem. Nesse ritmo atual de movimento, seria capaz de acompanhar o barco por um curto período de tempo, pelo menos.

— Não é uma boa ideia. — Uma voz o fez dar um pulo. — Há um limite para as vezes que Poseidon o salvará das águas. Sobretudo se fizer algo estúpido como saltar.

Seu cabelo estava preso em cachos apertados que, apesar de terem apenas o luar acima deles, brilhavam como o sol do meio-dia. Na mão, ele trazia um bastão de cobras retorcidas e asas. Nos tornozelos, usava sandálias de couro adornadas com asas tão brancas que pareciam feitas de neve fresca.

– Hermes? – Perseu se viu sem fôlego na presença de outro irmão. Outro deus. Ele olhou para as sandálias esvoaçantes, depois para o caduceu em sua mão antes de se lembrar de sua situação e cair de joelhos. – Honra-me com sua visita.

Os olhos do deus cintilaram. Com um forte bater de asas, empoleirou-se no guarda-corpo do navio.

– Imagino que sim. – Sorriu. – Bem, irmão, você é o assunto do Olimpo. O assunto.

– Sou? – falou Perseu do chão. Nos poucos momentos em que conheceu seu irmão, começou a suspeitar que Hermes não era do tipo que diria a um homem ajoelhado para se levantar. Suas opções, portanto, eram: levantar-se sem esperar ser questionado e arriscar a ira de seu meio-irmão, ou arriscar que seus joelhos ficassem dormentes na madeira lascada do convés. Depois de uma breve reflexão, escolheu a primeira e se levantou devagar.

Sem repreendê-lo, Hermes não fez nenhuma tentativa de esconder sua curiosidade enquanto examinava Perseu com atenção enervante. Examinando seu corpo de cima a baixo, acenou de leve com o queixo, seus lábios se abrindo em um sorriso.

– Está se tornando um herói e tanto, não é?

Seu sorriso se alargou ainda mais. A expressão era bem diferente do sorriso irônico da irmã; era uma expressão que sugeria diversão e frivolidade. No entanto, de alguma forma, ainda conseguia demonstrar o mesmo nível de ocultação e compenetração que o de Athena. Percebendo que não havia respondido, e ainda sem saber o que dizer, Perseu abriu a boca para falar. A risada de Hermes o deteve.

– Não se preocupe. Não estou aqui para pressioná-lo. Esse é o papel dos outros. Na verdade, vim oferecer uma ajudinha. Notei que Athena lhe deu o escudo. Raciocínio sensato. Agora, diga-me, como você vai separar a cabeça do monstro do pescoço dela?

– Como? – Perseu ficou perplexo. – Com uma espada. Tenho comigo um xifo que...

– Um xifo? – Uma sobrancelha de Hermes se elevou. – Era o que eu temia. E, diga-me, se conseguir cortar a cabeça com essa arma mortal, como então acha que vai levá-la da caverna dela e de volta para Serifos sem transformar a si e à sua tripulação em pedra?

A boca de Perseu estava ficando seca depressa. Se as perguntas foram feitas de boa vontade ou como um truque, era irrelevante. Era mais um aspecto da viagem para o qual não estava preparado. Lendo seu rosto, Hermes ergueu a mão e a colocou no ombro de Perseu.

– Não tema, irmão, somos uma família. Estou aqui para ajudá-lo. Acha que Athena é a única que pode conceder presentes e patrocinar seus heróis? – Apesar das garantias, Perseu sentiu os nós no estômago ficarem mais apertados, não mais frouxos. – Diga-me, irmão – continuou Hermes. – Já ouviu falar das Greias?

CAPÍTULO VINTE E QUATRO

Seus homens mudaram de rumo sem uma única pergunta. Não adiantava esperar até de manhã; o tempo no caminho errado poderia ter se mostrado irrecuperável, desse modo, com o deus ainda a bordo, ordenou que seus homens ajustassem o rumo de acordo.

– Será um bom teste para você – comentou Hermes, aparentemente alheio ao desconforto de Perseu à sua presença. – Esta pequena viagem até as Irmãs Cinzentas pode revelar-se sua formação. – Embora fingir a atitude de um herói entre os homens fosse algo que ele sentia ter dominado naqueles últimos meses ao mar, fingir heroísmo na frente de um deus não era algo em que fosse habilidoso. Não importava se estava mais musculoso ou não, suas entranhas continuavam a se contorcer.

– Com as bênçãos dos deuses, a jornada até lá será rápida – respondeu ele.

– Está com pressa, é?

– Estou. Preciso estar. Minha, minha… – Perseu considerou mencionar o nome da mãe, apenas para fechar a boca e manter o pensamento para si mesmo. Hermes já deveria saber do evento que o trouxera até ali, contudo não havia discutido o assunto com sua tripulação e não tinha intenção de fazê-lo. Aos olhos deles, ele era mais um herói faminto por fama e glória, apenas com uma linhagem um pouco mais impressionante.

Seu coração palpitava ao pensar na jornada até as Greias. Outra tarefa significava mais tempo longe de Serifos, o que por sua vez significava deixar a mãe ainda mais tempo nas mãos de Polidectes. Quanto tempo levaria até que Polidectes anunciasse Perseu como morto e tomasse Dânae como sua esposa de qualquer modo? Um homem como ele não precisava de provas para um assunto caso servisse a um resultado melhor para si mesmo.

– Você tem os deuses do seu lado. – Hermes quebrou o silêncio. – Vai ficar bem. – Ele passou um dedo ao longo de seu caduceu. Toda a sua mão reluzia com o reflexo. – A ilha delas fica perto de Hades. Suponho que você nunca tenha ido naquela direção.

– É uma jornada que pensei que faria apenas uma vez – respondeu Perseu. Arrepios se espalharam por seus antebraços ao pensar no submundo.

– Mas você é um herói e fará o que deve ser feito. – Não havia nenhuma pergunta no fim de sua frase. Perseu respirou fundo enquanto refletia sobre o que o esperava.

– Farei o que devo fazer – ele repetiu as palavras do irmão. – Matarei as Greias por esses itens, se for preciso.

– Matá-las? – Os olhos e a boca de Hermes se arregalaram de horror, embora um sorriso ainda faiscasse no canto de seus olhos. – São velhinhas, irmão. Velhinhas monstruosas, mas mesmo assim velhinhas. Elas vão ter dificuldade para causar muito mal a você com apenas um dente e um olho para as três. Até nós, deuses, temos princípios, como sabe. Não, elas lhe darão os itens. Porém, podem precisar de um pouco de persuasão.

– Persuasão? Como?

– O método é seu, irmão. Mas não se preocupe, verei você de novo depois que terminar. – O deus pousou a mão no ombro de Perseu como se tivesse estado sempre presente em sua vida.

Com isso, a conversa chegou ao fim. Hermes olhou para o mar antes de se voltar para Perseu uma última vez.

– Boa sorte, irmão – disse novamente, e deixou suas sandálias aladas levá-lo rumo às estrelas.

Apesar de não reclamarem, Perseu observou como os homens foram ficando cada vez mais agitados durante seus dias viajando até o submundo. As brigas começaram, apenas um pouco, e talvez não mais do que teriam acontecido de qualquer forma, mas agora, naquele trajeto específico, tudo havia se tornado mais acentuado para Perseu. A vista tinha mudado. O verde luxuriante das ilhas foi substituído por paisagens mais escarpadas e áridas, de onde nuvens de poeira se erguiam acima da terra em grandes plumas, obscurecendo o Sol e mergulhando-os numa falsa noite. Quando não era a poeira, eram as nuvens que cobriam o céu. Tempestades de granizo e gelo constantemente roubavam o Sol. A presença de seu pai era evidente nas bifurcações de relâmpagos que atravessavam o céu, iluminando o mar perigoso em que navegavam. Às vezes, ele se perguntava se era a compaixão de um pai, cada raio o alertando para mudar o rumo e retornar para casa, derrotado. Entretanto, ele sabia a verdade. Voltaria para Serifos como um herói ou não voltaria.

Os treinos diários continuaram, e com tantos homens quantos podiam ser liberados de suas tarefas, mas a alegria havia diminuído. Por fim, a noção de que não estava fazendo isso por prazer ou para elevar seu ego se assentou sobre ele. Estava fazendo isso para sobreviver. Lutar não era a única parte de sua vida em que a alegria havia diminuído.

A comida – que antes os homens consumiam livremente com pouca preocupação com a escassez –, agora Perseu era forçado a racionar. A deusa lhes dera tudo de que precisavam para chegar às górgonas, sem contar o excesso de Clímene, mas o desvio significava que provavelmente ficariam sem por vários dias, se não mais. Ele lançava sua rede com mais frequência, embora as águas mais agitadas oferecessem poucos peixes, e os que pegavam tinham um gosto amargo, como se sua carne tivesse sido contaminada pela sujeira e poeira que agora cercavam sua existência.

Meia lua havia se passado desde a visita de Hermes, quando uma batida à porta acordou Perseu de seu sono. Tinha sido uma noite agitada, cheia de sonhos com monstros de três cabeças que mantinham sua mãe e seus homens como reféns. Tentava salvá-los, apenas para falhar de novo e de novo. Sentados em tronos de pedra, os deuses observavam, rindo, enquanto Perseu tinha dificuldade até para erguer uma lança. Quando acordou, estava encharcado de suor, com marcas escuras nos lençóis.

– Perseu, meu senhor. – Era um dos espartanos. – A ilha está à vista. Chegamos às Greias.

*

Parecia-lhe mais uma grande rocha do que uma ilha. O crepúsculo avançava, lançando nas nuvens tons de carmesim, enquanto Perseu e dois de seus homens remavam no barquinho de madeira, carregando consigo uma sacola de pano, contendo laranjas conservadas em sal, que Clímene lhe dera. A persuasão vinha de várias formas, sendo os presentes as mais óbvias na sua mente.

– Um de vocês espere com o barco – Perseu disse aos dois homens. – O outro, dê uma volta e veja se há alguma coisa nesta ilha que possamos usar. As mulheres devem encontrar comida de alguma forma; veja se há algum pássaro que possamos capturar ou lugares onde os peixes parecem se aglomerar.

Assentindo e sem trocar uma palavra para distribuir as responsabilidades, um dos homens disparou ao redor da borda da ilha, enquanto o outro içou a corda de dentro do barco e a prendeu a uma rocha próxima. Perseu já sabia em qual direção iria.

De sua posição, a ilha parecia tão plana que desapareceria durante a maré alta. Apenas uma área era mais elevada do que o restante. Na face da rocha havia uma sombra escura, uma fenda estreita que não emitia nenhuma luz. Uma caverna. Contornando a costa, Perseu deu-se um momento para sentir os pés em terra firme. As rochas eram pretas e porosas, o ar, tingido com um cheiro de cinzas que reforçavam nele a sensação de morte que esteve pairando em seus pensamentos desde o início da jornada. Empurrando-os para o fundo da mente, ele começou a subida até a caverna.

Foi uma descoberta agradável saber que seus músculos recém-formados funcionavam tão bem em terra quanto no mar, e escalou a altitude com a mesma facilidade com que qualquer homem escalaria uma escada. Com um olhar por cima do ombro para seu barco, que balançava suavemente nas ondas, entrou nas sombras e na casa das Greias. Vozes ecoaram ao seu redor, os sons ricocheteando nas paredes.

– Diga-nos. Dino, diga-nos quem é.

– Deve conseguir vê-lo agora. Ele está na caverna agora, não está?

– Como você sabe que é um homem?

– Ora, quem está pisando no meu pé?

Perseu balançou a cabeça, tentando encontrar sentido no discurso.

– Como você *não consegue* saber que é um homem? Não consegue sentir o cheiro de almíscar, a carne?

– As mulheres também têm carne. Já fomos carnudas. Desejo por um bom pedaço de carne entre meus dentes.

– Eu desejo que você engasgue com um pedaço de carne.

Silvos e guinchos interromperam a verborragia que vinha de todos os ângulos.

– Dino, passe-me o olho. Pênfredo, é sua a mão no meu ouvido? Tire já. Tire já.

– Por que minha mão estaria em seu ouvido? Dino, por que você está em silêncio? Maldita seja, irmã. O que está vendo?

Uma voz soou mais alta do que as outras. Menos incerta.

– Estou em silêncio, porque estou tentando ouvir por cima de vocês duas e todo o barulho que estão fazendo – respondeu. – Me deem um instante.

– Já lhe demos um instante.

– Você está monopolizando isso por...

Ele não aguentava mais. Pigarreando, lançou a voz para a escuridão à sua frente.

– Sou Perseu, filho de Zeus. Procuro uma audiência com as Greias.

Uma gargalhada estridente saiu de dentro da caverna.

– Filho de Zeus! Dino, passe-me o olho. Passe-me o olho!

Num piscar de olhos, dedos semelhantes a garras agarraram os pulsos dele e o puxaram ainda mais para dentro da caverna.

– Eu o peguei. Eu o peguei!

CAPÍTULO VINTE E CINCO

A escassa luz da entrada mal era visível quando Perseu recuperou o equilíbrio.

— Saia de cima de mim! — Ele lutou contra o instinto de pegar a espada. Em vez disso, atacou com os pés e os braços. Um grito alto reverberou pelo ar. Ele sacudiu o cotovelo, mandando uma das criaturas na ponta de seu braço para o chão. Um segundo depois, e todas as três estavam de volta em cima dele como cães raivosos, mordendo seus calcanhares.

— Eu sou Perseu. Filho de...

— Filho de Zeus, já ouvimos.

— São nossos olhos que se foram, não nossos ouvidos.

— Deve ser um meio-mortal. Estúpido como um mortal.

— É definitivamente humano. Tem o cheiro de um humano. Sinta o cheiro dele, Ênio. E onde está o olho? — Algo úmido e frio foi pressionado na axila dele. Algo mais cutucou seu estômago. Ele recuou ainda mais para dentro da caverna. A escuridão era absoluta.

A cada momento, ele era virado de um lado para o outro, de novo e de novo, até perder todo o senso de direção.

– Eu vim para ter uma audiência com vocês! – Seu aumento de volume teve pouco efeito em detê-las. Ele agarrou a espada, em parte para se confortar, em parte para garantir que não fosse arrancada dele pelos dedos ágeis de uma delas. A mente de Perseu disparou. Por que Hermes não o alertou quanto a isso? Sacudindo a cabeça, ele redirecionou seu aborrecimento. Era culpa da própria estupidez. Que tipo de herói entrava em uma caverna sem uma tocha para iluminar seu caminho? E ainda mais ao entardecer. Seria mais fácil abandonar a tarefa naquele dia. Teria que encontrar o caminho para sair da caverna e voltar para o navio. Então retornaria ao raiar do dia com uma tocha para guiar o caminho. E talvez um ou dois homens para dividir a apalpação entre eles.

Sem saber qual direção o levaria mais para dentro da caverna e qual mais para perto da entrada, Perseu deu um grande passo à frente. Seu coração disparou quando um vislumbre de luz cintilou a distância. Com pressa, se lançou em direção a ela, com os pés firmes contra o terreno irregular. A glória durou pouco. Ao se aproximar da fonte da luz, seu estômago se revirou. Em vez de se encontrar na entrada da caverna como esperava, viu-se à beira de uma pequena fogueira, apenas uma chama entre as brasas. Amaldiçoou a si mesmo mais uma vez. Como era possível que uma ilha tão pequena abrigasse tamanho labirinto de cavernas? Ossos de peixes e carcaças de animais cobriam o chão ao redor do fogo, e um fedor úmido de urina subia do chão. Vasos quebrados com bordas irregulares estavam empilhados na parede, enquanto potes cheios até a boca – cujo conteúdo Perseu não queria saber – estavam ao redor da lareira improvisada. Por um segundo, ficou brevemente grato pela falta de luz.

– Aonde está indo? – A tagarelice recomeçou.

– Essa não é a saída.

– Talvez ele queira ficar.

– Diga-nos, filho de Zeus, o que podemos fazer por você?

Encurvadas, elas o seguiram, rastejando feito aranhas. Com outra emboscada a apenas alguns segundos de distância, Perseu desembainhou a espada e traçou um arco à frente, incerto de que qualquer uma das bruxas pudesse ver o gesto ameaçador.

– Querem ficar quietas?

As mulheres gritaram e correram para um canto. Agarradas umas às outras, elas arfaram e ofegaram.

– O que fizemos?

– Só fizemos uma pergunta.

– Só queríamos ver.

– Eu não o vi! Onde está o olho? Dê o olho para mim, ou juro que este dente em minha boca logo estará cravado em seu traseiro.

A pele de suas bochechas era engolida para dentro das cavidades de suas bocas. Seus corpos frágeis, torcidos em ângulos, com feridas inchadas em vergões e com pus escorrendo e cobrindo a pele. À penumbra, ele viu algo trocar de mãos. Redondo e brilhante; o único olho delas.

Engolindo a náusea que o atingia sem parar, Perseu examinou seus arredores. Se os deuses fossem bondosos, seu olhar pousaria exatamente nos itens de que precisava. Poderia carregar todo o conteúdo da caverna e se livrar dessas mulheres antes que outra palavra fosse trocada. No entanto, tudo o que conseguia ver entre os detritos era ainda mais imundície. O fedor espalhava-se em ondas. Com a espada ainda desembainhada, ele pensou em qual seria sua próxima ação. Hermes o aconselhara a ser gentil, mas como chamar a atenção delas sem forçá-las? Investindo-se com todo o poder do pai, ele tentou mais uma vez ganhar a atenção e a ajuda delas.

– Meu nome é Perseu, filho de Zeus, e fui enviado pelo deus...

– Ele gosta de falar sobre deuses, não é?

– Talvez tenha perdido a razão. Talvez por isso se repita tanto. Deixe-me vê-lo. Ainda não o vi.

Ele não havia terminado uma única frase. Era pedir muito?

– Vocês, criaturas, são insuportáveis.

Gargalhadas altas ecoaram nas paredes da caverna.

– Uuu.

– O filho de deus sabe algumas palavras complicadas.

– Palavras muito grandes.

– Não acho que sou insuportável. Vocês acham que sou insuportável, irmãs?

Sua paciência tinha chegado ao limite. Perseu saltou por cima do fogo, agarrou o pulso da que falava e a arrastou para longe das irmãs. Aos lampejos das brasas, segurou a espada contra a garganta dela. Sua pele translúcida cedeu sob a pressão da espada, fazendo com que uma única gota de sangue aparecesse na lâmina.

– Se não vão me ouvir por vontade própria, que seja. Mas vão me ouvir. Fui enviado por Hermes. Fui favorecido por Athena a deusa da sabedoria e da guerra. Vocês têm itens dos quais preciso para cumprir meu destino de livrar o mundo da górgona Medusa. Vocês vão me dizer suas verdades ou irão sentir o poder da minha ira.

Suas palavras finais ressoaram pelas paredes, fazendo com que calafrios gélidos corressem pelo ar. Seguiu-se o silêncio. Seu próprio coração retumbava enquanto esperava a resposta. Ele era um herói nato, lembrou a si mesmo. Agora elas também podiam ouvir. O corpo ficou tenso nos braços dele. Um momento depois, explodiu em gargalhadas.

– Aaa, ele me pegou. Irmãs, ele me pegou!

– Dê-me o olho. Eu quero ver.

– Ele é tão musculoso. – As mãos percorreram os braços dele, apertando e beliscando-o. –Leve-me cativa, Perseu, filho de Zeus. Mantenha a pobre Ênio prisioneira. Amarre-me e me chicoteie!

A risada da velha voltou a soar. Logo, as outras duas estavam em cima dele também.

— Não, leve-me, leve-me. Ela mal consegue dobrar os joelhos sem cair.

— Talvez seja disso que ele goste. Eu ficaria feliz em cair de joelhos por você, Perseu. Há uma vantagem em não ter dentes, como sabe. — Um ruído de sucção molhada saiu de seus lábios. Perseu engasgou, temendo não aguentar mais suas insinuações grotescas, e então, no mais revoltante dos atos, aquela que ele agora sabia ser Ênio começou a passar as mãos sobre o tecido que cobria o próprio peito, pressionando-se nele e emitindo gemidos guturais baixos.

— Não vemos muitos homens aqui. Fique um pouco.

— Estamos velhas, mas ainda temos necessidades.

— Já chega — ordenou Perseu e jogou Ênio para irmãs, enojado. As risadas cresceram em dissonância.

— Olhe a cara dele! Que visão. Aposto que ele nunca viu uma mulher nua.

— Deixe-me ver. Deixe-me ver! Eu preciso do olho.

— Você já o viu. Deixe-me ter uma chance. Deixe-me ter a minha vez.

Ainda estremecendo, ele observou, enquanto o olho trocava de mãos em rápida sucessão. Brilhante e úmido, ele rolou sobre a palma das mãos delas antes de desaparecer em uma de suas órbitas afundadas com um estalo.

— Ah, pobre garoto. — As Greias continuaram seu lamento repulsivo. — É apenas um rapazote.

— Quero dar mais uma olhada. O que você fez com ele agora?

— Você o está monopolizando. Pare de monopolizá-lo!

Foi uma decisão impulsiva, em vez de pensada com cuidado. De quem era a mão, ele não sabia dizer. Mas no momento em que o viu sair de uma órbita ocular e cair na palma de uma das mãos, preparado para a troca, Perseu venceu a distância de um salto e o agarrou. Gritos reverberaram pela caverna.

– O que você está fazendo? O que está fazendo? Pênfredo, foi você? Pare com isso. Pare com isso!

– É ele. É ele!

Perseu apertou o item em sua mão. A carne acinzentada cedeu e foi um pouco esmagada entre seus dedos. Um grito agonizante estilhaçou a escuridão.

– Você! – As velhas se dobraram de dor, agarrando e arranhando as órbitas oculares, como se ele estivesse cravando as unhas direto no crânio delas. Antecipando suas reações, ele apertou o globo ocular um pouco mais forte.

– Pare com isso! Pare! Tenha misericórdia de nós! – As palavras eram quebradas por gemidos, como os cães em Serifos espancados quase até a morte por ousarem roubar um osso. Perseu nunca fora daqueles que atiravam pedras nos cachorros, a não ser quando arreganhavam os dentes contra ele, mas, naquele momento, as irmãs lhe tinham dado muito pouca escolha.

– Eu tenho o seu olho. – A voz de Perseu ressoou com o poder de sua herança. – Eu o tenho e vou esmagá-lo entre os dedos se não me derem o que preciso.

– Não! – Elas estavam de joelhos. Implorando e suplicando, mal conseguindo resistir à agonia que ele lhes causava com apenas um movimento dos dedos.

– Fui enviado pelo próprio Hermes para recuperar os itens de que preciso para ter sucesso em minha missão.

Uma das mulheres rastejou para a frente pelo chão.

– Devolva o olho. Devolva o olho, ó misericordioso, e nós lhe daremos o que precisa.

– Vão me dar o que eu preciso primeiro, depois devolverei o olho.

– Como vamos poder ver, seu tolo? – A voz suplicante tornou-se amarga e venenosa. – Quer que rastejemos pelo chão, nós três cegas? Podemos quebrar um membro tropeçando ou cair para a morte enquanto procuramos.

– Se estão preocupadas em tropeçar, deveriam cuidar melhor da sua casa. Estão em uma caverna onde não há risco de queda pelo que posso notar. Nenhum dos seus riscos me parece provável. – Perseu estava começando a encontrar seu ritmo. Seus ombros se endireitaram para trás enquanto falava. – E não se preocupem. Meus reflexos são bons. Eu seguro vocês, caso necessário. Agora, digam-me onde encontrar os itens de que preciso e irei embora.

Murmúrios substituíram os gritos quando ele diminuiu a pressão contra o olho. A carranca delas, embora ele achasse impossível, aprofundou-se em uma teia de ravinas tal que era quase impossível dizer onde um olho, boca ou nariz podiam estar. Não passavam de dobras de pele, sem carne ou músculo, mais finas que relvas ressecadas no fim do verão.

– Está bem – concordou uma delas finalmente, a amargura em sua voz tão tangível quanto o fedor que continuava a impregnar todas elas. – Você vai encontrar o que deseja no lado oeste da caverna. Próximo da entrada. Está lá por onde você veio.

Perseu lançou olhares de um lado para outro. A luz tinha ajudado um pouco, mas se ele se virasse mais uma vez para o escuro, não teria como se orientar.

– Podem mostrar o caminho – mandou ele.

A agora familiar gargalhada irrompeu no ar.

– Como? Não podemos ver, seu tolo. Não ouviu um minuto atrás? O que você tem em músculos, perdeu em miolos.

A incerteza atormentava Perseu. Poderia facilmente ser um truque. Outro estratagema para derrubá-lo assim que uma delas recuperasse a visão. No entanto, estaria preparado dessa vez. Puxou a adaga, atravessou a caverna e agarrou a bruxa mais próxima pelo braço. Um guincho como o de um porco antes de ter a garganta cortada atravessou o ar quando ele puxou a velha em sua direção. Ele enfiou o olho na palma da mão dela, enquanto apontava a ponta da lâmina sob a costela da mulher.

– Qualquer trapaça e vou mergulhar isto em sua carne. Você esgotou minha paciência.

Seguiu-se um som de sucção quando ela recolocou o globo ocular na órbita esquerda.

– Agora ande – ordenou ele.

Com a coluna curvada como um gancho, ela mal chegava à altura do quadril dele, enquanto ia arrastando os pés à frente de Perseu. De vez em quando, ela lançava um olhar por cima do ombro e, por sua vez, Perseu enfiava a lâmina nas linhas finas das costelas dela até que, com um grito ou guincho de dor, ela continuava. As duas Greias restantes lamentavam no canto. Seus gritos incoerentes forneciam um pano de fundo adequadamente dissonante para o absurdo da situação. Em Serifos, até as velhas mais loucas eram tratadas com certo respeito. Ele estremeceu ao pensar no que sua mãe pensaria se o visse naquele momento.

– Aqui. À esquerda. Naquele buraco. Vai precisar levantá-las. – A Greia parou e apontou para uma fissura nas rochas. Ela o trouxe para perto da entrada da caverna, embora ele ainda não tivesse certeza se era verdade que os itens seriam encontrados ali. Ele não duvidava que elas fossem capazes de conduzi-lo a uma fenda cheia de escorpiões na esperança de que eles o picassem e o levassem a uma morte agonizante.

– Você vai tirá-las – disse Perseu.

– Eu? Não está vendo como sou velha? Como vou conseguir erguer esses itens?

– Não me interessa como fará. Apenas faça. – Ele pressionou a lâmina mais fundo na pele dela. Seu estômago se embrulhou quando ele sentiu a pele ceder um pouco. *Poderia algo tão murcho sangrar?*, perguntou-se. E também de que cor seria? Com certeza nada tão cinza seria capaz de sangrar vermelho como um homem. Ele deixou de lado os pensamentos sobre sangue quando, com palavras resmungadas em voz baixa, a velha enfiou a mão na fenda e puxou o cabo de uma espada. Mesmo na escuridão, o metal reluzia.

– Aqui – disse ela. – Acredita em mim agora? Isto é o máximo que consigo segurar. Pegue se quiser. Jamais vou segurá-la aqui para você até que meus braços se soltem das articulações.

Sem ver nenhum sinal de armadilha, Perseu pegou o cabo da mão da megera e puxou o comprimento da espada para fora. Era diferente de qualquer material que já tinha segurado. Nenhum ferreiro em Serifos havia forjado aquele tipo de metal, disso ele tinha certeza.

– É feita de adamante – explicou a Greia, como se estivesse lendo seus pensamentos. – Pertenceu ao próprio Zeus.

Perseu virou a lâmina em suas mãos, erguendo-a para avaliar seu peso. Estava perfeitamente equilibrada, como se tivesse sido feita exclusivamente para ele.

– Onde conseguiram tal item? – perguntou ele.

O único olho da mulher murcha se estreitou.

– Você me conta todos os seus segredos? Não, não conta. Agora você a tem. Dê-se por satisfeito com isso.

À pálida luz da caverna, seu reflexo brilhou na espada.

– E o kíbisis? – A voz de uma das outras Greias ecoou do fundo da caverna. – Ele vai precisar do kíbisis, não vai?

– Sim, sim, vai precisar. Dê a ele, Dino. Dê a ele.

– Eu já ia fazer isso. Tentem se mover com uma adaga cravada em suas costelas.

– O kíbisis? – questionou Perseu. O olho de Dino rolou para trás em um círculo de escárnio.

– Aqui. – Dessa vez, ela não hesitou ao enfiar a mão na fenda e de lá tirou um alforje marrom, de tamanho semelhante àquele em que Perseu trouxera as laranjas em conserva. Não que planejasse deixá-lo com elas agora.

– É para a cabeça. – Uma das outras gritou de novo. – Quando você cortar a cabeça, deve colocá-la aí dentro.

Pegando o item dela, ele estreitou os olhos. O material parecia ser forte, porém, leve; no entanto, por seu tamanho, não seria capaz de conter nem uma das serpentes inteira, muito menos toda a cabeça da Medusa.

– Guarde a espada nele. – Dino percebeu sua dúvida. – Não acredita em mim. Guarde a espada nele.

Hesitando apenas um momento, Perseu abriu o topo da bolsa, fechado por um laço, certo de que seria difícil guardar até mesmo uma parte da lâmina. No entanto, quando ele introduziu com cuidado a espada no tecido do alforje, este mudou de forma, expandindo-se e se encolhendo conforme necessário para acomodar o item dentro.

– A cabeça da górgona caberá perfeitamente dentro dela, assim como qualquer outro tesouro que você possua – Dino disse a ele.

Perseu virou a bolsa na mão. A leveza dela era inacreditável.

– Isto é obra dos deuses? – questionou ele, embora a obviedade de suas palavras parecesse tola quando saíram de seus lábios.

– É – respondeu a Greia e, pela primeira vez desde a chegada dele à caverna, ela fixou o único olho nos dele. – Agora você conseguiu o que queria – disparou ela. – Saia daqui.

CAPÍTULO VINTE E SEIS

Os dias se transformaram em semanas. Os mares cinzentos fizeram com que eles se perdessem e voltassem em seu caminho repetidas vezes. Nuvens espessas encobriam as estrelas à noite, roubando sua fonte de navegação. Durante o dia, apenas um brilho crepuscular da luz do sol podia ajudar a guiá-los em seu trajeto. Então, um dia, tudo acabou.

O alívio que a tripulação sentiu diante de um céu cerúleo não foi compartilhado por seu capitão. Perseu podia sentir o evento pairando no horizonte, um ruído estático que zumbia no ar ao seu redor, avisando-o de sua ruína iminente. Cada dia passado no mar era um dia mais próximo do encontro com a górgona.

Naquela noite, as estrelas cintilavam no céu limpo. O mar ondulava, uma piscina escura ao redor do navio. Ele sabia que não demoraria. Assim como sabia que um de seus irmãos apareceria para ele uma última vez, antes que alcançasse seu destino. Em seu coração, ele esperava por Atena, sua sabedoria e conhecimento de batalha era o que precisava para encorajá-lo. Mas a cor que brilhava no céu era dourada, não cinza.

– Ouvi dizer que você deu um susto nas Greias. – Hermes empoleirou-se na borda da popa com uma arrogância casual que Perseu aprendera a associar a ele.

– Eu? Acho que foi o contrário. Para velhas cegas, elas conseguem se mover bem depressa.

– Ah, eu sei. Mas você teve sucesso em sua primeira tarefa. Deve estar se sentindo um pouco confiante.

Perseu refletiu sobre isso por um momento. Foi a sorte, e não o raciocínio, que o ajudou a ser bem-sucedido com as Greias sem derramamento de sangue, e ele não era ingênuo o bastante para pensar o contrário.

– Então – Hermes encerrou o momento de contemplação. – Com esse pequeno trabalho realizado, está preparado para o que virá a seguir?

– Alguém poderia estar preparado para as górgonas?

– Górgona – corrigiu Hermes, enfatizando a singularidade da palavra.

– Górgona? Haverá apenas uma? Como sabe disso? – Tinha sido um pensamento em sua mente desde que havia deixado Serifos, embora se recusasse a expressar sua preocupação, até mesmo para seus homens no navio. Às vezes, quando captava seus olhares, jurava que estavam pensando exatamente a mesma coisa. Ele deveria trazer a cabeça da Medusa para Polidectes, mas ela era apenas uma górgona. Havia uma possibilidade distinta de que ele nunca chegaria à rainha delas. Se elas fossem parecidas com as Greias, as três poderiam muito bem estar ligadas pelo quadril.

– As irmãs alçaram voo. – Hermes mais uma vez demonstrou sua capacidade irritante de expressar os pensamentos de Perseu antes que ele os colocasse em palavras. – Já se passaram três semanas desde que deixaram a ilha. Se minhas informações estiverem corretas, elas estão aterrorizando navios ao redor do Diapontia.

– E quando voltarão?

– Quem pode saber? Tenho certeza de que se os deuses estão do seu lado, você deve ter bastante tempo. Quanto tempo leva para entrar em uma caverna e decapitar uma sacerdotisa? – Ele deu uma piscadela enquanto falava.

– Uma sacerdotisa?

– Uma sacerdotisa? – Hermes balançou um pouco a cabeça. – Que estranha escolha de palavras. Perdoe-me. Claramente passei muito tempo sem o toque de uma mulher se tenho sacerdotisas em mente. Como eu estava dizendo, não vai demorar muito para decapitar uma única fera, tenho certeza.

Perseu retorceu os lábios, sem saber como responder. Inclinando-se, Hermes começou a desatar as tiras de suas sandálias.

– A górgona, ela nasceu do mar, não foi?

Os olhos de Hermes se estreitaram.

– Monstros marítimos. É isso que dizem? E por que não? É uma história tão boa quanto qualquer outra.

– Estou grato por não ter que enfrentá-la na água. – Uma pitada de medo pulsou através de Perseu. – Não vou, vou?

Hermes riu.

– Duvido muito, irmão. Duvido muito. Agora – ele disse, com o cintilar definitivamente de volta aos seus olhos. – Que tal um último presente? E então, vou deixar você seguir seu caminho.

*

Medusa aproveitou a quietude e tirou alguns dias para fazer uma faxina. Século após século, as figuras se acumulavam, uma após a outra. Muitas foram transformadas de estátuas em cascalho segundo a vontade dos deuses; o calor do sol tornava a pedra quebradiça, o gelo e a neve a enfraqueciam ainda mais, e uma boa tempestade podia transformar dezenas de figuras em pó com apenas alguns dias de chuva e vento constantes. Outras foram vítimas do tédio de Esteno e Euríale durante anos tranquilos.

Como gatos que continuavam a brincar e dizimar a carcaça de um rato morto, suas irmãs se deliciavam com as efígies de pedra que decoravam seu jardim. Algumas vezes, usavam suas garras para raspar desenhos toscos nos corpos de pedra. Outras, usavam as centenas de armas descartadas que caíam na arrebentação, enquanto aqueles com mais bom senso corriam de volta para os navios apenas momentos depois de pisar na praia de cascalho. Entretanto, nunca os alcançavam. Os que corriam sempre eram os favoritos de Euríale. Ela atacava e mergulhava de um lado para o outro, provocando-os o máximo possível antes de finalmente transformá-los em pedra.

Muitas das estátuas no jardim não tinham braços, nem cabeça, nem o que quer que as irmãs atingissem com as lâminas quando lhes apetecia. Pelo menos sem cabeça significava que Medusa não sentia mais o peso de seus olhares vazios; todo o medo que um homem poderia conhecer era direcionado a ela, o cheiro do medo deles ainda presente depois de todos esses anos. Talvez fosse coisa da sua mente, pensou mais de uma vez. Os cheiros eram apenas apropriações, como os gritos que a mantinham acordada na maioria das noites.

Livrar-se das estátuas nunca era fácil. Seu ódio e pena pelos homens que vieram para matá-la eram tão indivisíveis quanto as mesmas emoções que sentia pelas irmãs. Então, ela se demorava, descartando-as uma por uma.

Os sons das ondas arrebentando em espuma chegavam aos seus ouvidos, quando ela estendeu a mão para uma das estátuas. Com cuidado, tocou o lugar onde o cabelo dele teria caído. Um segundo depois, ela o agarrou pelo pescoço e o ergueu. Um por um, ela os arrastou até a beira do penhasco e os atirou de lá, observando suas formas humanas se despedaçarem.

Seu trabalho era lento. O ar frio deixava suas cobras preguiçosas e irritadiças. Elas brigavam entre si, embora, muitas vezes, ela acabasse sendo a vítima de suas agressões. Seus modos a lembravam de irmãos – irmãos humanos normais – que brigavam e discutiam apenas para gritar de angústia caso tivessem que se separar. Não que as serpentes pudessem ser separadas, é claro. Pensar em suas irmãs levou-a a pensar nos pais, o que retardou ainda mais seu trabalho. Eles estariam no submundo há milênios agora, seus nomes, esquecidos por todas as pessoas vivas na face da terra. Supondo que tivessem tido um enterro, é claro. Era um pensamento que a atormentava com frequência. Outro ato em que falhara.

Estar com a mente distraída significava que ela não tinha conseguido arrastar nem metade das estátuas até a beira do penhasco até a hora quando o Sol estava em seu arco descendente. Com as irmãs longe, sem dúvida ela teria mais tempo no dia seguinte para terminar o resto. Olhando para o mar, inclinou a cabeça e, pela primeira vez naquele dia, notou a mudança no vento. A estática tomava conta do ar. Uma carga invisível que enxameava ao seu redor em correntes vertiginosas. Suas cobras conseguiam sentir também. Elas se aquietaram, pressionando seu corpo junto ao dela como se estivessem se preparando para uma luta. Ela sabia o que era. Podia sentir o cheiro no ar da mesma forma que elas. Outro herói estava a caminho.

*

Ele verificou a alça do escudo pela terceira vez e depois pela quarta. Ainda não estava familiarizado com as nuances dos escudos; até agora, nunca havia precisado, e os únicos que tinha segurado em Serifos eram os brinquedos improvisados de meninos que brincavam com espadas de madeira. Mesmo treinando no navio, logo abandonou o uso de um, confiando em seus pés ágeis para se desviar da lâmina de seu oponente. Contudo, inexperiente ou não, ele não era estúpido. Sabia que Athena não lhe daria tal presente sem um motivo e, até aquele momento, depositara confiança absoluta na irmã. No entanto, naquela tarde, com a ilha aumentando cada vez mais no horizonte, não se sentiu totalmente confiante com a leveza da armadura. A espessura do metal agora parecia pouco viável, como se pudesse ser perfurado por uma única picada de cobra, ainda mais pelas dezenas que ele logo encontraria. Com sorte, não chegaria perto o bastante para que atacassem. E, pelo menos, ela não o ouviria chegando. As sandálias de Hermes cuidariam disso. Com a espada também, ele não pôde deixar de pensar que o único elo fraco em seu arsenal fornecido pelos deuses para matar Medusa era ele mesmo.

Com o navio ancorado na baía, Perseu preparou o pequeno barco a remo para si. Muitos de seus homens se ofereceram para acompanhá-lo. Suspeitava que todos o fariam, mesmo sem a coação de uma ordem direta, mas optou por fazer o trajeto sozinho. Seria melhor que apenas uma vida fosse perdida. Sua força e habilidade agora superavam até mesmo o melhor de sua tripulação. Se não conseguisse ter sucesso na missão, seria impossível imaginar que um de seus homens teria. Melhor que estivessem com as velas erguidas e preparadas para partir antes que as irmãs retornassem e transformassem todos em pedra por causa da estupidez dele.

– Se eu conseguir, voltarei antes dos primeiros raios do sol nascente – disse-lhes antes de partir. – Verão meu barco saindo da costa. Se eu não estiver ao seu alcance antes que o sol apareça no horizonte, partam. Não esperem. Não me sigam, em hipótese alguma, até a ilha. Vão embora. Naveguem rápido. Terão os deuses do seu lado e o vento às suas costas. Quando chegarem à terra, construam um altar para os deuses em meu nome. Para meu pai. Meus irmãos. Se eu não for bem-sucedido em minha tarefa, será por causa de minhas falhas, não pelas deles. Vocês serão homens livres. Pela vontade de Athena, vendam este barco e dividam o dinheiro entre vocês. Fará de todos homens ricos.

Seria um verdadeiro teste de sua lealdade, Perseu considerou, ver se ficariam satisfeitos em vê-lo retornar ou não.

Eles assentiram e sustentaram seu olhar. Alguns sorrisos hesitantes abriram caminho até ele. Possivelmente seriam os últimos sorrisos que veria, ele percebeu enquanto remava seu barco para longe de seus homens e em direção ao seu destino.

*

Apenas um desta vez. Ela o vira, parado na beira do barco, falando com a tripulação. Não era incomum. Já tinha visto isso antes. Ouvira o suficiente para saber que diziam as mesmas coisas, alguns com um pouco mais de eloquência e vários com muito mais tolice e grosseria do que outros. Todos falavam em glória. Em riquezas e recompensas inimagináveis que lhes seriam concedidas quando conseguissem levar a cabeça dela de volta para sua terra. Muitos mencionavam as mulheres que cairiam a seus pés ou os homens que seriam forçados a se ajoelhar diante deles quando retornassem. Medusa sempre se certificava de que esses fossem deixados para os jogos de suas irmãs quando possível. Os sábios deixavam mensagens para seus parentes e amigos. No entanto, a sabedoria, ela notou, não era algo generosamente concedido aos heróis neófitos.

Então, nos últimos séculos, ela tinha parado de ouvir seus discursos. Havia escutado o suficiente. Ouvido a arrogância mais de uma vez. A presunção e a complacência com que falavam sobre qualquer assassinato, ainda mais o dela, facilmente faziam com que ondas de raiva se espalhassem por seu corpo. O peso de cada um dos assassinatos que cometera, de cada morte causada por seu olhar, era mais pesado do que qualquer efígie de pedra que ela jamais poderia ter formado; entretanto, alguns daqueles homens encaravam isso como um esporte. Às vezes, desejava que eles soubessem que, enquanto estavam lá em seu convés, cuspindo suas palavras, não eram discursos de vitória que saíam de seus lábios, mas elegias.

Uma tempestade distante rugiu além do horizonte. Então não teria a vantagem de suas irmãs naquela noite. Foi quando ela estava dando as costas para o mar, para começar a se retirar para as cavernas que as cobras se ergueram e se enrolaram sobre seu crânio com a energia de uma manhã de verão. Suas línguas tremulava para fora da boca, saboreando o ar ao redor.

– O que foi? – questionou ela.

Ainda estava tentando sentir a origem de seu desconforto quando ela captou o aroma que se prendia à figura que se aproximava de sua praia. Frio e metálico, mas também fresco e frutado. Não era algo que ela havia sentido antes ou pelo menos não em muito tempo. Lembranças se agitaram nas fendas mais profundas de sua mente. Um tremor palpitou em seu peito.

– Eles me enviaram um deus – sussurrou. – Eles me enviaram um deus.

CAPÍTULO VINTE E SETE

Ele encontrou pouco conforto em sua nova forma de transporte. *Deve ser assim que é ser um deus*, pensou ele, enquanto flutuava da costa. Por sorte, tinha remado até a costa e só amarrou as sandálias depois de puxar o barco para a praia. Caso contrário, alcançaria a górgona ensopado até os ossos da água do mar. As sandálias não eram as mais convenientes de manejar; um pouco de prática provavelmente deveria ter sido aconselhado. Elas tinham suas vantagens: sarças e pedras não eram obstáculo, desde que a distância que tinha que cobrir em cada momento não fosse mais do que alguns metros. Toda vez que se elevava, a falta de chão sob seus pés fazia seu estômago se revirar. Os humanos não foram, ele descobriu, projetados para voar. A couraça ao redor de seu peito tornava o topo de seu corpo pesado e, mais de uma vez, tombou para a frente. Sem chão sólido para ajudar a manter o equilíbrio, ele se viu se debatendo no ar, abanando os braços como um filhote de passarinho. E como tantos filhotes de passarinhos, logo caiu no chão. Não demorou muito para abandonar as sandálias por alguns momentos. A ilha tinha um bom tamanho, e com seu ritmo atual de voar para frente e para trás, era improvável que chegasse ao covil da górgona até o nascer do sol. Retirando-as, afivelou as tiras em volta da cintura e continuou rumo ao interior. Usaria as sandálias quando estivesse mais perto. Afinal, não havia chance de ela ser capaz de ouvi-lo ainda.

*

Sua aproximação desajeitada era bastante barulhenta mesmo sob a tempestade que o acompanhou até a praia. Trovões e relâmpagos agora antagonizavam as cobras. Cada raio queimava o ar, fazendo-as recuar e sibilar. O falso herói avançava veloz em direção a elas, subindo pelo caminho que levava ao jardim. Por um momento, Medusa esperou que ele tivesse mudado de ideia; fugido de volta para a noite de onde viera, como só os mais sábios ou mais covardes faziam. Sua esperança durou pouco. Até agora nenhum deles tinha voltado atrás. Não, a menos que estivessem correndo. Agora tinha apenas que esperar.

Quando ele entrou no jardim, ela ouviu a mudança em suas passadas. Isso em si não era incomum. Mesmo os mais confiantes cambaleavam e tropeçavam ao ver seu destino, encarando-os através de pupilas de pedra. Gritos abafados e orações sussurradas com frequência chegavam aos seus ouvidos, embora não desse homem. Não daquele com o cheiro do Olimpo correndo em suas veias. O perfume da deusa.

Ela se perdoou pela demora em reconhecer o cheiro com exatidão. Fazia dois milênios desde que inalara o aroma doce e, naquela época, seus sentidos estavam longe de ser as obras-primas aguçadas em que tinham se tornado. No entanto, agora que havia percebido, era impossível afastar as lembranças que vieram com a chegada desse desconhecido. Ele estava coberto pelo cheiro de Athena.

Enquanto ele avançava entre as estátuas, Medusa não tinha dúvidas de que quem quer que fosse esse garoto, era um dos heróis da deusa. Ou pelo menos tinha sido em algum momento. Era mais provável que tivesse caído em desgraça com a deusa da sabedoria. Só podia ser isso, por que outro motivo ela o enviaria até a ilha se não fosse para que ele encontrasse seu fim? Outro jovem que ela considerava sem mais nenhuma utilidade. Por um momento, Medusa fechou os olhos e ponderou que ato ele poderia ter feito para ter irritado a deusa dessa maneira, mas não importava. Tentaria fazer com que a morte dele fosse rápida, pelo menos. Era a mesma graça que oferecia a todos os homens que pisavam em sua ilha. Foi só depois de terminar sua contemplação desses fatos que Medusa percebeu que os passos do herói haviam se alterado. Não reverberavam mais pelo chão como os passos de um homem normalmente faziam. Em vez disso, o que ela ouvia era uma vibração.

– Irmãs? – Ela expressou seus pensamentos em voz alta apenas para afastá-los no instante em que se formaram. Suas irmãs não esvoaçavam. Suas grandes asas batiam no ar com a delicadeza de um pelicano prestes a pousar. Isso parecia mais um beija-flor. Um tentilhão, talvez. No entanto, como nenhum outro que ela já tinha ouvido antes. Sua pele formigou e seus ombros se encolheram. Suas cobras sibilaram no escuro, um silvo rápido e irado em todas as direções. Muitos, muitos anos haviam se passado desde a última vez que ela sentira tal sensação. Medo. Ela estava com medo.

Devagar, recuou para uma das muitas reentrâncias da caverna e sumiu de vista. Um momento depois e ele também estava de pé em seu covil.

Com o coração trêmulo, Medusa esperou que o garoto fizesse seu movimento. Qualquer homem que já tinha conseguido chegar tão longe avançava, confiante de que, tendo atravessado o jardim, seu sucesso estaria garantido. Mas não aquele. Apesar de todo o icor dos deuses correndo por suas veias, ela podia sentir os nervos nublando sua mente.

– Quem é você? – perguntou Medusa. – Por que a deusa o enviou?

Suas serpentes estavam prontas para dar o bote. A sensação de terror partiu tão depressa quanto viera. Não era medo daquele homem, ela percebeu, apenas lembranças da deusa que fizeram seu corpo reagir dessa forma. Ele era apenas um homem, um garoto, como todos os outros que tinha sido forçada a matar. Agora, de fato, além da boca da caverna, a respiração dele criava uma névoa quente que flutuava para dentro até o frescor das sombras. Ela se amaldiçoou por permitir que ele chegasse tão longe. Agora teria que arrastar a efígie dele para o jardim antes de se livrar dela dessa maneira. Mais trabalho. Mais tempo gasto encarando olhos frios de pedra.

– Sei que está aqui. Você deveria voltar – gritou ela para a escuridão. – Você foi enviado em uma missão tola. Nenhum homem escapa daqui, não importa quem o tenha enviado. – O mesmo zumbido quase silencioso continuou, embora ela ouvisse o ar se apertar nos pulmões dele. Medusa tentou novamente. – Vá enquanto ainda tem chance. Está me ouvindo? Você não vai querer me enfrentar, garoto. Corra enquanto pode.

Outra pausa. Uma inspiração de ar perceptível apenas para ela. Um tremor no ar antes mesmo da primeira palavra se formar nos lábios dele. Ela esperou pelas frases ousadas. A declaração de heroísmo. Uma lista de todas as suas conquistas. Um discurso sobre as razões pelas quais ele seria o primeiro a ter sucesso onde todos os outros falharam.

Ela planejava se revelar, transformá-lo no momento em que essas palavras começassem, mas as palavras que ele disse não foram as esperadas.

– Quem é você? – ele perguntou.

*

As palavras soaram tolas e infantis quando saíram de sua boca. Ele tinha palavras que deveria ter dito, palavras que recitara em sua mente. Palavras fortes, louvando os deuses. Dando graças a seu pai e seus irmãos. Talvez até gritasse o nome deles enquanto deslizava a espada pela garganta da fera. Mas isso era o que ele esperava. Uma fera. Rosnados guturais e silvos sendo cuspidos. Ele esperava a língua de uma serpente, não a língua de uma mulher.

Uma explicação tentou se formar em sua cabeça; deveria ter parado sem querer em outra ilha. Uma onde as górgonas guardavam seus prêmios. Talvez ela fosse uma mulher mantida em cativeiro pelas feras. Talvez ela precisasse ser resgatada e, como tal, se tornaria parte de sua recompensa. Era sua vez de falar e fazer as perguntas.

– Quem é você? – perguntou Perseu mais uma vez. – Meu nome é Perseu. Eu vim de Serifos.

– Eu sou aquela que você procura – respondeu a voz.

– Eu vim atrás da górgona Medusa.

Suas palavras foram recebidas com uma risada que ricocheteou nas paredes da caverna, distorcendo a direção de onde vieram.

– Diga-me – disse ela. – O que você fez para provocar tanta raiva na deusa para que ela o enviasse até mim? Deve tê-la irritado muito.

– Irritado?

– Athena, ela o enviou, não foi? – pressionou a voz. – Consigo sentir o cheiro dela em você.

Perseu estava tendo dificuldade em se concentrar. Sua mente estava confusa pela reviravolta no encontro.

– Sou filho de Zeus. A deusa Athena é minha meia-irmã. Ela me enviou em minha viagem com sua bênção.

– Bênção? Tome cuidado. É tão mutável quanto o vento.

Um jogo estava sendo jogado. Ele conseguia sentir e, então, ouviu. Sutil, e baixo, e tão silencioso quanto o zumbido das asas de Hermes. O movimento de línguas. O sibilar das cobras.

– Você é a górgona. – Seu pulso disparou ao perceber que ele estivera tão perto do monstro todo esse tempo e nem percebera o risco.

– Como eu disse, sou aquela que você procura.

Com a velocidade de um verdadeiro herói, Perseu brandiu a espada à frente e girou em um círculo. O riso ecoou enquanto ele atacava o ar às cegas.

– Você deveria economizar sua força – recomendou a górgona. – Nunca vai chegar perto o suficiente para atacar. Minhas cobras cuidarão disso.

– Não acredito em você.

– Então tente. Estou aqui.

Um barulho soou. Uma pedra, tilintando no chão.

Os olhos de Perseu correram na direção de onde uma pequena pedra rolava pelo chão, parando um pouco longe de seus pés. Era uma armadilha, sem dúvida, mas era improvável que ele conseguisse realizar sua tarefa enquanto estivesse plantado à entrada da caverna. Ele deu um passo mais para dentro.

Perseu lançou olhares ao seu redor. A caverna era maior do que a das Greias e a luz entrava por várias rachaduras e fissuras, permitindo que ele visse um pouco melhor. Várias passagens serpenteavam em diferentes direções. Em uma delas, quem sabe, o monstro estivesse escondido.

– Se você é a górgona, então por que não me ataca agora? Por que continuar com esse jogo tolo se tudo o que deseja é me matar? Não sabia que você gostava de brincar com suas vítimas.

– Suspeito que você saiba muito pouco sobre mim – respondeu ela como uma constatação. – Diga-me, Perseu, filho de Zeus, meio-irmão da deusa da sabedoria. Ela lhe contou o que aconteceu a uma sacerdotisa para que ela fosse digna desta coroa de serpentes?

– Sacerdotisa? – A mesma palavra usada por Hermes. – Você era uma sacerdotisa da deusa?

Seguiu-se um breve silêncio. Sua pulsação tornou-se errática. Sua espada permaneceu posicionada, os dedos tremiam sobre a adaga sobressalente ao seu lado.

– Diga-me, Perseu – a sacerdotisa górgona falou. – É um homem que conhece o mundo?

Ele pigarreou.

– Eu sou o capitão do meu navio. Viajei de Serifos até aqui...

– E nesta viagem. – Ela cortou as suas palavras antes que ele tivesse a chance de terminar. – Seus homens; o comportamento deles foi adequado? Viril? Eles atiraram seu poder ao redor, lançando-o sobre as mulheres nas docas que piscavam os cílios para eles?

– Meus homens são bons homens. Nossa jornada foi longa. Faz muitas semanas que não aportamos.

– Mas quando aportaram? Eles expressaram sua liberdade, imagino. O quanto expressaram? Eles fizeram reivindicações? E as mulheres que não buscaram seus olhares? Elas foram deixadas em paz ou foram importunadas e assediadas para a gratificação de seus homens?

– Um homem... – Perseu deu um passo à frente, finalmente deduzindo o significado de seus enigmas. – Um homem abusou de você?

– Um homem? – Ela bufou. O som de seu escárnio irritou as cobras, fazendo-as sibilar com tanto veneno que os cabelos na nuca dele se arrepiaram. – Acha que um homem ousaria profanar o templo de um deus dessa maneira? Desonrar qualquer coisa sagrada para um dos deuses? Um de seus homens o faria?

Dessa vez, ele sabia que não havia necessidade de responder. Nenhum homem em sã consciência jamais consideraria tal coisa.

– Um deus? – sussurrou ele.

– Sim. – A única palavra expelida em uma explosão de ar. – Sim. Foi um deus que se impôs sobre mim de tal maneira que faria seus olhos inocentes desviarem o olhar de terror. Foi um deus que ensanguentou meu corpo e quebrou minha vontade. E foi outro deus, uma deusa, que destruiu tudo o que me restava. Seu tio e sua irmã tiraram de mim tudo o que eu tinha.

– Athena?

Ela não o satisfez com uma resposta.

– Deuses não pagam o preço pelos erros deles, Perseu. Os mortais sim. Os deuses, como os ricos do mundo, impõem seus desejos sobre aqueles cujas vozes não são altas o suficiente para falar por si mesmos. As mulheres. Os fracos. Os indesejados. E ninguém grita por quem mais precisa. Por que o fariam? Gritar por outro é arriscar-se a perder algo seu. E o homem não é capaz de ver além da profundidade do próprio reflexo.

Uma brisa fria veio do mar, embora Perseu não lhe desse atenção. Sua cabeça girava com as palavras da górgona.

– A deusa fez isso com você? Por causa das ações de outro deus contra você?

– Não acredita em mim? – A resposta foi rápida, afiada. Ele balançou a cabeça, então se perguntou se havia alguma chance de ela ver.

– Como eu não sei disso? Por que as pessoas não saberiam? Com certeza você deve ter contado para outros. – A história da própria concepção dele por meio da chuva dourada era amplamente conhecida.

Assim como o eram as de muitas almas amaldiçoadas que irritaram os deuses. Se tal coisa tivesse acontecido a uma sacerdotisa, parecia impossível que ele não tivesse ouvido falar.

Mais uma vez veio a risada amarga, embora, agora, dentro dela Perseu notasse uma tristeza. Uma melancolia raivosa.

– Quatro pessoas conheciam as ações de Poseidon e da deusa. Meus pais, que morreram sob meu olhar quando eu desconhecia meu poder, e minhas irmãs, que foram transformadas em feras ainda mais hediondas do que eu pelo ato de ousar questionar a decisão de Athena.

– Não, não pode ser – declarou Perseu, embora, enquanto pronunciava as palavras, soubesse que a história da górgona era verdadeira.

– Você ficou quieto – comentou ela depois de um momento. – Eu compreendo. Não há nada como a verdade para calar os homens. E agora serei forçada a matar novamente, como já fiz mil vezes nestas praias, pois não tenho outra opção. Minhas serpentes, a deusa, não aceitarão que seja de outra maneira. Houve o tempo em que as pessoas vinham até mim buscando ajuda, conselhos. Agora, vêm para fazer de mim uma assassina mais uma vez.

Fora da caverna, havia o som das ondas se quebrando contra a costa. Dentro da caverna, apenas o som das cobras permanecia. O tremor em sua mão, Perseu notou, havia parado, e quando deu um passo à frente, sua espada pendia frouxa ao seu lado. O silvo das serpentes estava mais alto agora. Havia menos reverberação de seu som. Ela não mentiu sobre sua localização, Perseu pensou, enquanto se aproximava de uma passagem estreita. Parando, pressionou as costas nas paredes frias e úmidas. Por um momento, seus pensamentos se afastaram de Medusa e voltaram para sua residência frequente: a própria mãe. Haveria alguém no palácio de Polidectes que a defenderia? Ela era uma mulher forçada a conceber por um deus. Forçada a deixar seu lar rumo a uma vida que não desejava nem merecia devido à vontade dos outros. Nem por um segundo ele pensou que encontraria uma única semelhança entre a criatura que viera matar e a mulher que deixara para salvar, mas temeu, que se ela falasse mais, acharia impossível completar sua tarefa. Momentos se passaram e ele percebeu que ainda não tinha respondido à sacerdotisa. E, no entanto, quando sua boca se abriu, não foi capaz de oferecer nada além de um pedido de desculpas.

– Sinto muito – declarou ele.

CAPÍTULO VINTE E OITO

Ela se sentiu uma tola. O que tinha dado nela para conversar com aquele jovem? Não fazia sentido. Milhares de anos e nunca tinha sentido a necessidade de compartilhar o conhecimento de sua criação com qualquer um dos homens que invadiram sua ilha. Mas isso era diferente. Ele veio sob a orientação de Athena e, se fosse esse o caso, era seu dever remover a venda dos olhos dele. Ele precisava ver a deusa por quem ela era. Finalmente, ela ouviu uma inspiração.

– Sinto muito.

As palavras levaram um momento para atingi-la.

– Não preciso de sua pena – retrucou. – Já estou muito além do julgamento dos mortais.

– E ainda assim, já foi humana, então você deve saber que as palavras podem significar algo?

Ela bufou em resposta, embora as palavras dele já tivessem se alojado, firmando-se dentro dela. Claro que se lembrava do poder das palavras. Lembrava-se bem das promessas e votos e dos efeitos quando estes eram quebrados. Ainda se lembrava dos olhos de todas as mulheres cujos votos haviam sido ridicularizados por seus maridos errantes. Lembrava-se de como sua frágil constituição humana havia sido arruinada muito mais pelas palavras de desdém da deusa do que por qualquer ato físico de Poseidon. Ela sabia que palavras verdadeiras de um homem eram mais valiosas do que presentes superficiais de um deus. Mas esse homem, esse garoto? Ele era apenas mais um assassino vindo reivindicar um prêmio.

– Eu tenho uma mãe – disse o rapaz, quebrando o silêncio.

– A maioria dos homens tem. – Sua resposta curta foi pensada como uma piada, mas a falta de resposta que recebeu fez com que se arrependesse de sua decisão. Conseguia ouvi-lo engolir em seco. O pulso acelerado. Com muito mais suavidade do que havia falado em séculos, ela disse: – Conte-me.

A pausa se prolongou entre eles; a névoa que a respiração dele criava no ar agora tão próximo que ela podia sentir seu gosto. O calor irradiava de seu corpo. Era o calor de um semideus ou apenas de um homem? Fazia tanto tempo que ela não passava um momento significativo na companhia de uma pessoa como ele que não sabia mais como fazê-lo. *Como seria ser abraçada por tal calor?*, imaginou. Abraçada apenas por compaixão. Suas cobras sibilaram diante de seu devaneio. Claro, isso nunca poderia acontecer. Ela jamais conheceria o conforto de braços quentes e carne humana de novo.

– Sua mãe – disse, incitando-o a continuar. – Conte-me sobre ela.

Ele não começou de imediato, e mesmo quando o fez, havia uma hesitação em sua voz, uma rigidez quando as palavras saíram de seus lábios.

– Ela me criou. Havia outras pessoas também, eu tinha uma família, mas minha mãe, ela é… especial. Isso parece bobo, eu sei. Toda criança deve sentir o mesmo, mas minha mãe é… ela foi escolhida por

Zeus por um motivo. Eu não poderia ter desejado uma pessoa melhor em minha vida. – Um latejar surdo se estendeu pelo peito dela, uma reminiscência do que ela sentira por seu pai. – Ela está noiva de um homem – Perseu continuou. – Um homem poderoso. Um rei.

– E isso o desagrada?

– Ele é vil – Perseu cuspiu as palavras. – Horrível e podre até o âmago.

Medusa ouviu, a pena crescia em seu coração. A passagem em que havia entrado parecia mais longa do que antes. Não sentiu nenhum risco em se aproximar um pouco mais de Perseu enquanto ele continuava a falar.

– Esse rei, ele não tem vergonha. Seus olhos passearam por ela como se fosse um prêmio. Uma cabra a ser abatida. Minha mãe; ela é uma mulher forte. Uma mulher corajosa. Ela suportou tanto. Mas eu me pergunto o quanto esse homem testará até a força de vontade dela. Quando eu imagino… quando eu… – Suas palavras se perderam em seus pensamentos. Não importava. Medusa sabia o que queriam dizer. Ela mesma o sentira todos aqueles anos.

– E você está aqui por causa dele? – questionou.

– Eu prometi a ele a cabeça da górgona como presente de casamento.

– Um presente ousado, de fato. Você sabe que meu olhar transformaria qualquer homem que o fitasse em pedra?

– Sei.

– Então, seu presente para ele seria eterno?

– Posso apenas ter esperança.

*

Ele aguardou a resposta dela. Seu calor estava diminuindo, esvaindo-se para o ar ao seu redor. Lá fora, o sol havia se posto e os raios de luz que penetravam na caverna estavam desaparecendo depressa.

Ela estava a centímetros dele; ele sabia disso. No entanto, enquanto ele permanecesse encostado na rocha, estaria seguro. Segurança na caverna da górgona. Até ele podia perceber a ironia, sentir-se seguro na casa de um monstro. Tinha sido um erro contar a ela o motivo de sua vinda. Agora ela conhecia sua fraqueza. Talvez esse sempre tivesse sido o jogo dela, envolver os homens em uma sensação de segurança antes de lançar o golpe final. Em um torpor inebriante, ele percebeu que sua espada estava completamente abaixada. Ele a ergueu no ar.

– Eu lhe ofereceria minha cabeça. Alegremente. – As palavras o pegaram de surpresa. – Mas não há como. A deusa não me deixará morrer. Minhas serpentes vão impedir. Não há jeito. Eu tentei. Acredite em mim, garoto. Eu tentei.

– Você tentou acabar com a própria vida? – Perseu não conseguiu esconder a surpresa em sua voz.

– Acha que eu escolheria isto? Os deuses desejam me fazer sofrer por toda a eternidade. Essa é a verdade. Enquanto Zeus reinar no Olimpo e Athena tiver influência sobre ele, estarei condenada ao tormento.

Perseu considerou as palavras dela. Seus membros tinham ficado rígidos. Uma conversa imóvel não era algo que ele havia praticado em preparação para o evento. Olhando para a superfície espelhada de seu escudo, ele notou as rugas na própria testa.

– Não – declarou ele.

– Não?

– Não. – As palavras deixaram seus lábios com mais certeza do que ele havia sentido desde que deixara Serifos. – Acho que não. Acho que os deuses me enviaram até você por um motivo. Acho que estou aqui para trazer o seu fim.

– Todos os homens pensam que foram enviados aqui para selar meu destino.

– E quantos deles receberam presentes dos deuses para ajudá-los em sua tarefa?

Seu coração batia contra seu esterno enquanto esperava a resposta dela. Semideus ou não, muitos homens, mais fortes, mais aptos e mais bem treinados do que ele, haviam sido vítimas do olhar da górgona. Mas ele não estava ali para acabar com a vida de uma górgona, compreendeu com uma tristeza que nunca poderia ter previsto. Estava ali para trazer paz a uma sacerdotisa.

– As sandálias – disse Medusa. – Não tenho certeza se você vai achá-las muito úteis para cortar minha cabeça.

– Mas a espada de Zeus deve ser mais do que suficiente. – Um arrepio percorreu sua espinha devido ao tom casual da própria voz. Ele continuou depressa: – E um escudo também. Dado a mim por Athena.

Mais uma das risadas sarcásticas, agora familiares, chegou aos seus ouvidos.

– Você não pode golpear mais rápido do que eu posso piscar. Minhas serpentes cuidarão disso. Além disso, elas vão passar por qualquer armadura que você tenha feito para elas.

– Não acredito que seja para elas. Quero dizer, o escudo. Acredito que seja para você. Para o seu olhar. É um espelho diferente de qualquer outro que já encontrei. Se você o fitasse, as serpentes talvez ficassem confusas com o que veriam. Isso me daria uma chance de atacar. Apenas um segundo, mas sou bom com uma espada. – Ele se aproximou da voz dela. Era isso. Ele tinha certeza. Isso era o que os deuses pretendiam para ele. Não apenas decapitar a górgona, mas levar a história dela para o mundo. A verdade dela.

– Vou jogar o escudo no chão – disse ele, interpretando o silêncio da sacerdotisa como aceitação. – Se puder inclinar a cabeça para olhar para ele, apenas por um segundo, isso me dará tempo suficiente para golpear.

Mais silêncio se seguiu. Do lado de fora, a tempestade tinha aumentado e a chuva desabava sobre a terra. Lá dentro, o sibilar havia diminuído para um zumbido baixo.

– Se estiver enganado quanto a isso, não terei escolha. Vou transformá-lo em pedra antes que você possa levantar a mão contra mim.

– Mas se eu estiver certo, salvarei você e minha mãe.

– Estou além de qualquer salvação – respondeu ela. – Você não está. Pode dar meia-volta agora e sair com vida.

Ele fez ao comentário apenas uma breve consideração.

– Ou deixo esta ilha com sua cabeça ou não saio daqui, – declarou. – Por favor, isso vai dar certo. Deixe-me fazer isso por você.

CAPÍTULO VINTE E NOVE

Foi apenas um segundo. Um segundo de esperança. Um segundo de tristeza. Ela agora entendia por que não falava com esses homens. Quão mais difícil seria arrastar a estátua de pedra do garoto Perseu – filho amoroso, dedicado e sacrificado – até a beira de um penhasco, sabendo de sua missão, do que tinha sido arrastar todos os heróis anônimos que vieram antes dele? Ela precisaria removê-la de imediato antes que as irmãs voltassem. Quem sabe até que ponto elas iriam atormentá-la se encontrassem uma estátua tão fundo em sua caverna?

– Vou jogá-lo agora – avisou ele. – Apenas prometa que vai tentar.

Tentar. O que ela queria fazer era mandá-lo correr novamente. Voltar para Serifos e salvar a mãe com uma espada e um exército como qualquer outro herói faria. Mandá-lo esquecer o que ela lhe havia contado. Mas ela sabia que ele não ia ouvir.

Com dúvida e medo pesando em seu coração, ela ouviu o barulho quando o escudo espelhado caiu no chão e viu o lampejo de luz apenas um momento depois. Seus olhos e os olhos de suas serpentes dispararam para olhá-lo.

Pela primeira vez em dois mil anos, ela se viu, tão claramente quanto todos os homens que estiveram à sua frente. A jovem, cheia de otimismo, havia muito se fora, embora ali, no fundo de suas íris, enxergasse um minúsculo vislumbre de esperança.

EPÍLOGO

Durante muito tempo, ele dormiu com a cabeça dela debaixo da própria cama. Não era por medo do que seus homens fariam com ela, embora esse pensamento tivesse passado por sua mente. Ele a manteve ali por si e pela sacerdotisa. Aquele era seu santuário momentâneo depois de anos de tormento. Quando ele voltasse para Polidectes, encontraria um lugar em Serifos para dar a ela o enterro que merecia. Isso era tudo o que ele podia fazer agora.

Perseu havia escolhido seu caminho entre as rochas e de volta à costa, o kíbisis inchado com a massa da cabeça da Medusa, e ele tinha decidido que faria o mundo inteiro saber a verdade sobre a sacerdotisa. As histórias contadas sobre ela não seriam mais aquelas de terror e morte, mas sim de reverência e gratidão. A sacerdotisa que continuou a se sacrificar mesmo após a morte. A mulher que se oferecera a Perseu para salvar a mãe dele de um rei tirano. Assim, ao embarcar em seu navio, abraçado por seus homens com lágrimas nos olhos, tentou mais de uma vez explicar que seu heroísmo era imerecido.

No entanto, cada palavra sua de protesto caiu em ouvidos surdos. Naquela primeira noite, ele aprendeu que os homens não queriam ouvir histórias de heróis que permitiam que uma sacerdotisa injustiçada se sacrificasse – a menos, é claro, que a história se passasse em um quarto e a sacerdotisa estivesse seminua e de joelhos. Eles não ouviram quando ele lhes contou sobre a conversa entre os dois, mas encheram seu copo de novo e gritaram por cima dele com aplausos e adulações. Ele percebeu então, sozinho em uma sala lotada, que cumprir sua promessa à Medusa era negar sua lealdade a Athena, sua irmã, que fizera tudo ao seu alcance para torná-lo um herói. Contar a história de Medusa transformaria em monstros todos os homens que vieram antes dele e falharam. E quanto a ele mesmo? O mundo respeitaria sua misericórdia com a mesma facilidade com que aceitaria seu poder e bravura?

Portanto, Perseu ficou calado. Naquela noite e em todas as noites que se seguiram. Os anos se passaram e Perseu se tornou um dos maiores heróis da Grécia, tido em alta estima por seus feitos. Enquanto isso, a verdade da Medusa foi perdida, e tudo o que restou foi a história de monstros e heróis, embora o mundo nunca soubesse de fato qual era qual.

FIM

AGRADECIMENTOS

Agradeço imensamente a Charmaine e Carol por sua incrível habilidade em me ajudar a editar este livro.

Agradeço a todos os meus leitores beta que dedicam seu tempo para ler os primeiros rascunhos e oferecer opiniões valiosas, com seus olhos de águia, além de apoio e incentivo, em especial a Lucy, Niove e Kath.

Agradeço ao meu marido, que me ajuda a encontrar tempo para escrever e incansavelmente verifica mais de uma vez e me mantém no rumo certo.

Por fim, agradeço a cada leitor que dedica seu tempo para ler meu trabalho e ouvir minhas histórias, e aos incríveis blogueiros que fizeram tanto para me ajudar nesta jornada. Este livro foi um trabalho de amor tão grande para mim, então saibam que cada recomendação a um amigo, compartilhamento nas redes sociais ou mensagem gentil, significa o mundo para mim.

SOBRE A AUTORA

HANNAH LYNN é uma romancista ganhadora de vários prêmios.

Seu primeiro livro, *Amendments* – um romance de ficção especulativa sombria e distópica, foi publicado em 2015. Seu segundo livro, *The Afterlife of Walter Augustus* – um romance de ficção contemporânea com um toque sobrenatural – recebeu o Prêmio Kindle Storyteller de 2018 e a medalha de ouro no Independent Publishers para melhor livro eletrônico adulto.

Nascida em 1984, Hannah cresceu em Cotswolds, Reino Unido. Depois de se formar na universidade, ela trabalhou por quinze anos como professora de Física, primeiro no Reino Unido e depois na Tailândia, Malásia, Áustria e Jordânia. Foi nessa época que, inspirada pela imaginação dos jovens que ensinava, começou a escrever contos para crianças e, depois, ficção para adultos.

Agora, de volta ao Reino Unido com o marido, a filha e uma horda de gatos, ela passa seus dias escrevendo comédias românticas e ficção histórica. Seu primeiro romance de ficção histórica, *O segredo da Medusa*, também recebeu medalha de ouro em 2020 no Independent Publishers Awards.

FIQUE POR DENTRO

Para ficar por dentro das novas publicações, turnês e promoções, ou caso tenha interesse em ser um leitor beta de futuros livros ou em ter a oportunidade de receber cópias de pré-lançamento, me siga em:
Site: www.hannahlynnauthor.com

AVALIAÇÕES

Como autora independente, não tenho os enormes recursos, mas o que tenho é algo ainda mais poderoso: todos vocês, leitores. Sua capacidade de oferecer prova social para meus livros com suas avaliações é inestimável para mim e me ajuda a continuar escrevendo.

Portanto, se você gostou da leitura de *O segredo da Medusa*, por favor dedique alguns minutos para deixar uma resenha ou avaliação na Amazon ou no Goodreads. Pode ser apenas uma ou duas frases, mas significa muito para mim.

Obrigada.

SIGA NAS REDES SOCIAIS:

 @editoraexcelsior

 @editoraexcelsior

 @edexcelsior

 @editoraexcelsior

editoraexcelsior.com.br